『もう一つの王国』

そこに、ガンダルが立っていた。(52ページ参照)

ハヤカワ文庫 JA
〈JA884〉

グイン・サーガ⑪³

もう一つの王国

栗本　薫

早川書房
6053

THE UNKNOWN UNDERWORLD

by

Kaoru Kurimoto

2007

カバー／口絵／挿絵

丹野　忍

目次

第一話　クムのガンダル……………一一
第二話　幽霊公子……………………八五
第三話　大冒険………………………一五九
第四話　地底探検……………………二三一
あとがき………………………………三〇五

此処こそは誰にも知られぬわが王国。
この地こそ、呪われし地獄にしてわが至上の居場所、
わが唯一の故郷。
この地に降り来るもの、すべての希望をすてよ……

かの王国の王の歌える

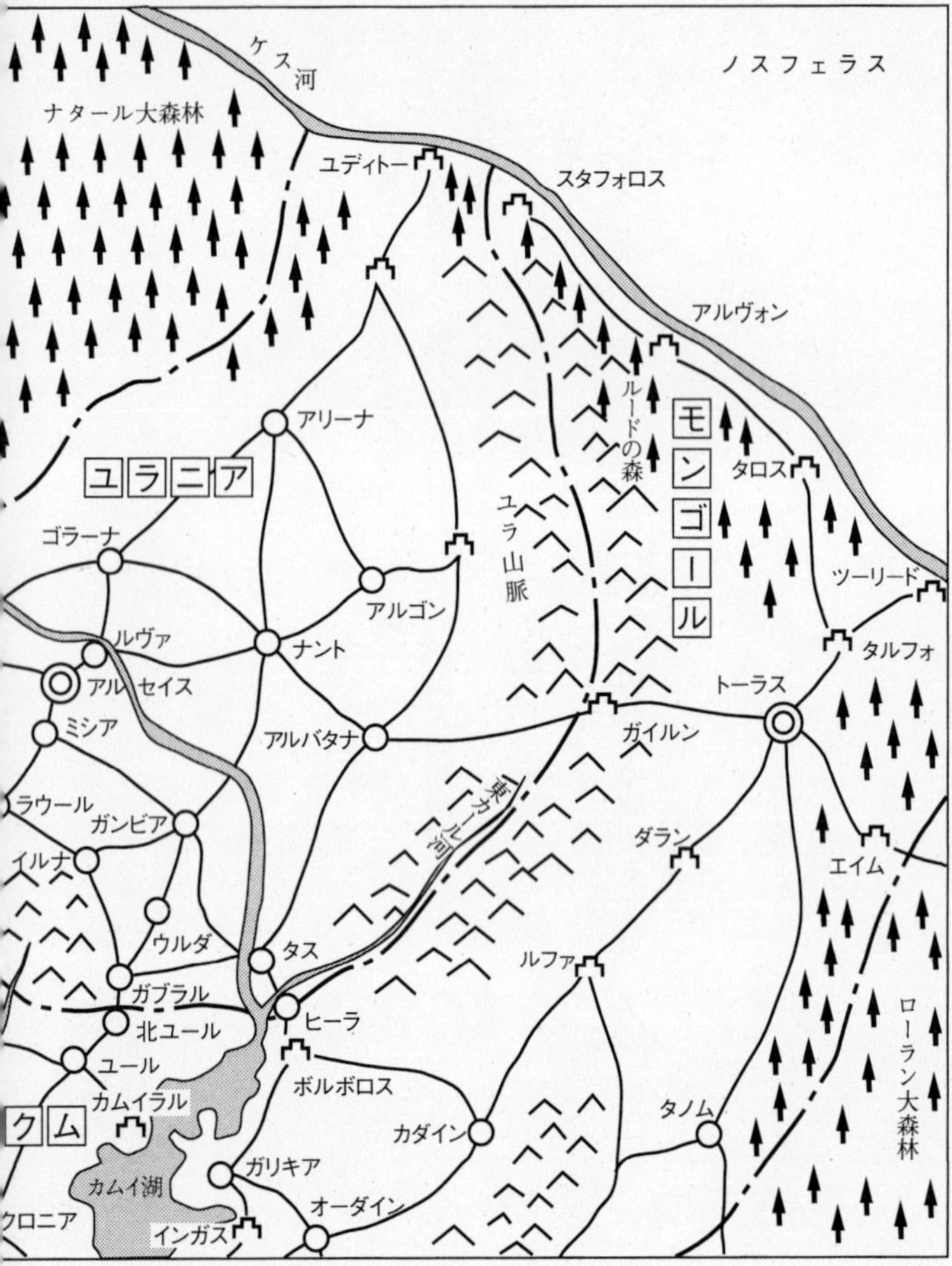
ケス河
ノスフェラス
ナタール大森林
ユディトー
スタフォロス
アルヴォン
ルードの森
モンゴール
ユラニア
アリーナ
タロス
ユラ山脈
ゴラーナ
ツーリード
アルゴン
ルヴァ
ナント
タルフォ
アルセイス
トーラス
ミシア
ガイルン
アルバタナ
東カール河
ラウール
ガンビア
ダラン
イルナ
エイム
ウルダ
タス
ルファ
ガブラル
ヒーラ
北ユール
ローラン大森林
ユール
ボルボロス
カムイラル
クム
カダイン
タノム
ガリキア
カムイ湖
オーダイン
クロニア
インガス

〔中原拡大図〕

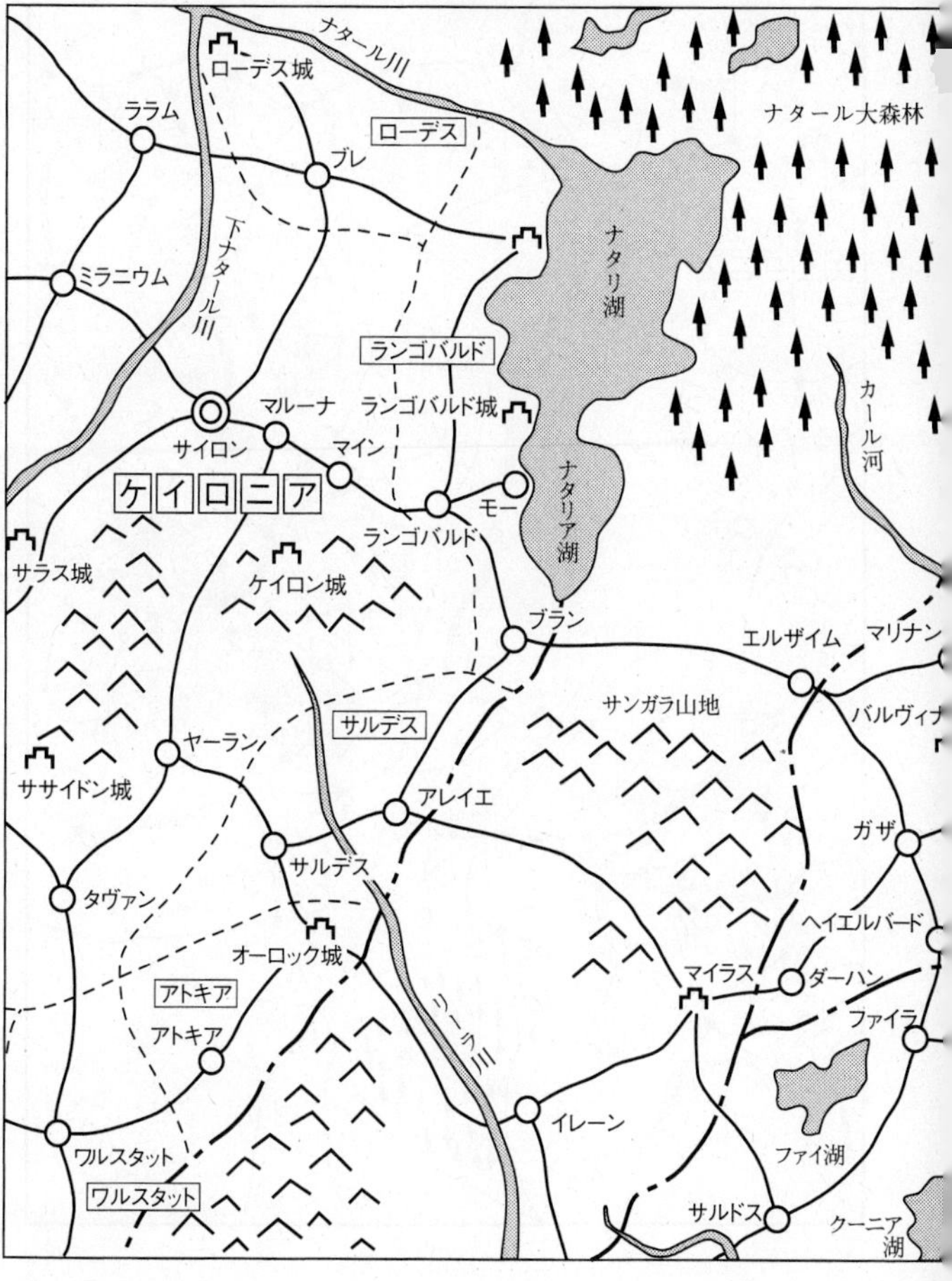
ナタール川
ローデス城
ララム
ローデス
ブレ
ナタール大森林
ミラニウム
下ナタール川
ナタリ湖
ランゴバルド
カール河
マルーナ
ランゴバルド城
サイロン
マイン
ケイロニア
モー
ナタリア湖
ランゴバルド
サラス城
ケイロン城
ブラン
エルザイム
マリナン
バルヴィナ
サンガラ山地
サルデス
ヤーラン
ササイドン城
アレイエ
ガザ
サルデス
タヴァン
ヘイエルバード
オーロック城
マイラス
ダーハン
アトキア
ファイラ
アトキア
リーラ川
イレーン
ワルスタット
ファイ湖
ワルスタット
サルドス
クーニア湖

〔中原拡大図〕

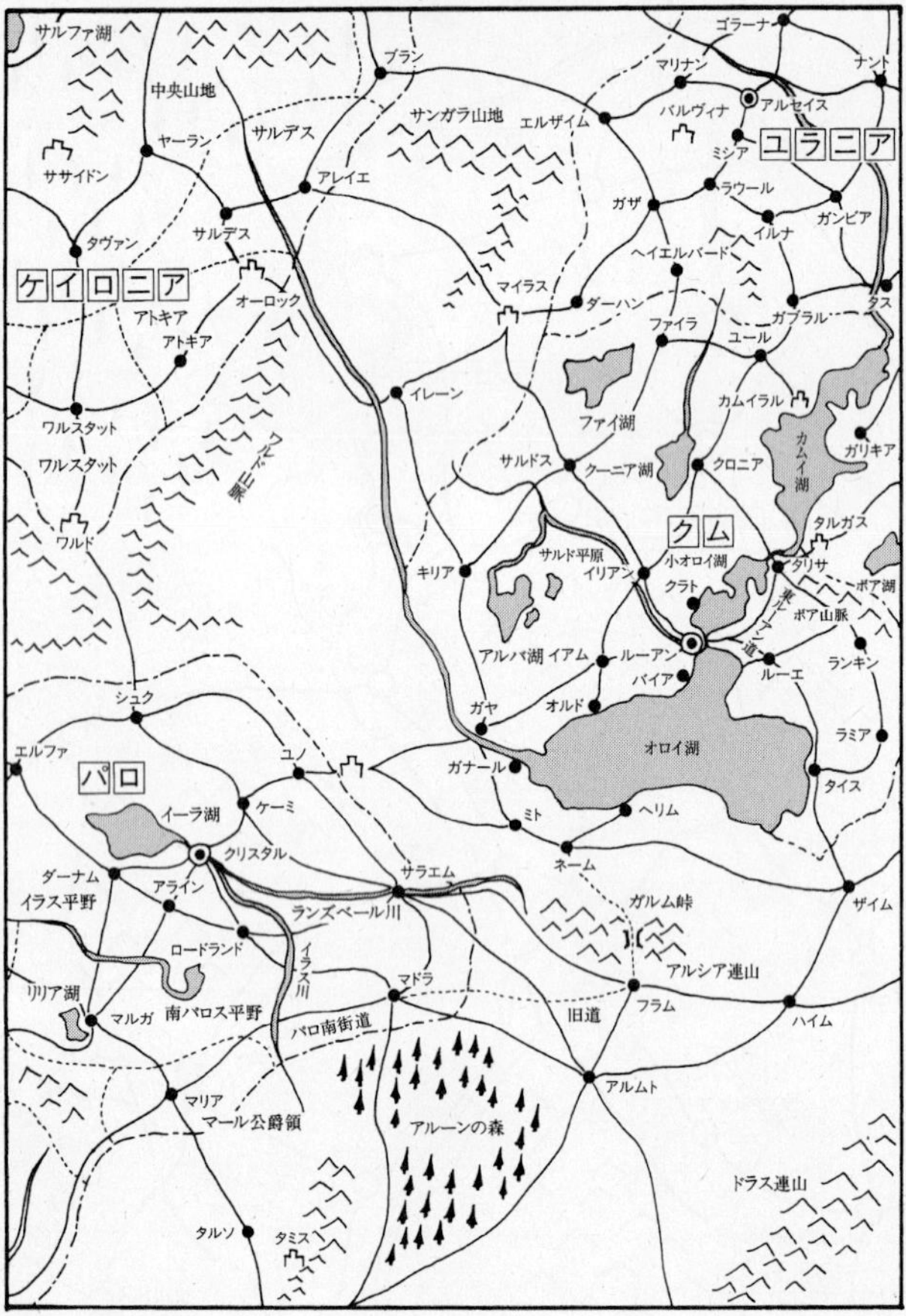
サルファ湖
中央山地
ヤーラン
ササイドン
タヴァン
ケイロニア
サルデス
サルデス
アレイエ
ブラン
サンガラ山地
エルザイム
マリナン
ゴラーナ
ナント
アルセイス
バルヴィナ
ミシア
ユラニア
ラウール
ガザ
イルナ
ガンビア
ヘイエルバード
オーロック
アトキア
アトキア
マイラス
ダーハン
タス
ガブラル
ファイラ
ユール
イレーン
カムイラル
カムイ湖
ガリキア
ファイ湖
ワルスタット
ワルスタット
ワルド山脈
サルドス
クーニア湖
クロニア
クム
タルガス
ワルド
サルド平原
イリアン
小オロイ湖
タリサ
ボア湖
キリア
クラト
東ルーアン道
ボア山脈
アルバ湖
イアム
ルーアン
ランキン
バイア
ルーエ
ガヤ
オルド
シュク
ラミア
オロイ湖
エルファ
パロ
ユノ
ガナール
タイス
ケーミ
イーラ湖
ヘリム
ミト
クリスタル
ネーム
ダーナム
サラエム
ザイム
アライン
イラス平野
ガルム峠
ランズベール川
ロードランド
イラス川
アルシア連山
リリア湖
マドラ
マルガ
南パロス平野
旧道
フラム
ハイム
パロ南街道
アルムト
マリア
マール公爵領
アルーンの森
ドラス連山
タルソ
タミス

もう一つの王国

登場人物

グイン……………………………………………ケイロニア王
マリウス…………………………………………吟遊詩人
リギア……………………………………………聖騎士伯。ルナンの娘
マーロール………………………………………剣闘士
タイ・ソン………………………………………タイス伯爵
ユーリ……………………………………………タイス伯爵公子
タリク……………………………………………クム大公
エン・シアン……………………………………クム宰相
ガンダル…………………………………………最強剣闘士

第一話　クムのガンダル

1

(なんと豪華で、そしてうつろな黒と金と真紅の渦だろう――！)

顔をあげる一瞬――

グインの胸のなかをよぎっていったのは、そのような、ふしぎな思いであった。

目もあやな、漆黒と純金と、そして血の色の真紅の、妖しい渦巻き。

それは、天井の高い謁見の間のいたるところをまるで燃え立たせているかのように、豪奢な、だが何もひとの心を打つもののないうつろな快楽と栄華とを誇ってひろがっているかに見える。

ふいに、まるでなにものか高貴な白魔道師がグインの脳髄に、《真実》のむざんな手加減なしの様相を一瞬だけ、きらめかせてから去った、とでもいうかのように、その快楽の都タイスのうつろでけたたましく、だがけばけばしく妖艶な栄華のすきまが一瞬だけ裂け、その彼方にあるとてつもない頽廃と虚無とがかいま見えた——かのようであった。

だが、たちまちのうちに、うわーんとたくさんの巨大な金と赤と黒の蜂どもがむらがって羽根の響きをたてているかのような騒音が、グインの耳をふさぎ、目も心もそのけたたましさで満たしてしまった。

「顔を上げるがよい。闘王、グンド」

甲高い声が続けてじれったげに云う。うしろから、同時に、ぐいと誰かに槍の尻かなにかでお手柔らかに小突かれた。

「進め」

うしろから、もどかしげな低い声が叱咤した。

「もっと、前へ進まぬか。大公閣下がお待ちかねだ」

グインは大人しく、膝でいざるようにして、大広間のなかへ入っていった。それを、うしろから、再びぐいと小突かれた。

「おもてを上げ、大公閣下に御挨拶申し上げろ」

うしろから指図しているのは、誰の声かわからない。おそらくはグインたちをここに案内してきた近衛騎士なのだろう。リギアはグインのうしろでまだぴたりと平伏している。

グインは、おもむろに、ゆっくりとこうべを上げた。

再び目もあやな黒と真紅と深紅と黄金の渦巻きのあいだに、今度は、少し目が慣れてきたのか、たくさんの——おそろしくたくさんの顔が見えた。

最初に目に入ったのは、見慣れたせいもあるのだろうが、タイ・ソン伯爵の顔だった。そして、そのかたわらにあるマリウスの白い顔も。

タイ・ソン伯爵はかなり豪華な黒と金のびろうどの正装に身をかためていた。そのうしろのグインからむかって右側にはマリウスが、白っぽいチュニックとマントをつけてはべっていたが、むかって左側には、おそろしく飾りたて、髪の毛をまるで巨大な帆船のようにでかでかと結い上げた、バラ色のびろうどのドレスに肩から長いマントをかけた、ブランのいうヴァラキアの祭りの船のように飾り立て、めかしたてた若い娘がいた。そのとなりに、もうちょっと年下らしい、これは緑色のびろうどにめかしこんだ娘がもうひとり。気の毒ながら、それほどめかしこんでいるのはかえってどちらにも逆効果のように見えた——なぜなら、どちらも、一目で誰が父親かわかってしまうくらい、まんなかにいるタイ・ソン伯爵にそっくりな顔をしていたからである。ひとことでいえば、目が細く吊り上がって、顔がひらべったく、そしていかにも「クム人だ！」という顔をしていた。おそろしいくらいこまごまと化粧をし、唇などは燃え立つような真紅に塗りたくっていたが、それでこれだったのだから、それを全部とってしまったら、それこそ、タイ・ソン伯爵当人が——一応若返って——バラ色のドレスを身にまとってでもいるかのように、珍妙に見えてしまったに違いない。これが、ことにバラ色のドレスをまとってめかしこんでいるほうが、タイス伯爵が若くて独身のクム大公になんとかして押しつけようと腐心しているのだという、アン・シア・リン姫であることは疑いをいれなかった。下の、その妹らしい娘のほうが、どちらかといえばまだしもきれいだった。

その二人の娘にはさまれるようにして、ひどく神経質そうな、顔立ちはそれほど悪くもないが、いかにも苛々した感じの、どちらかといえば平凡な見かけの若い男が、とても巨大な、いかにも「玉座」とでもいうしかないようなたけの高い椅子に腰掛けて、興深くてならぬ、というように身を乗り出していた。

それが、このクムのげんざいの支配者であるタリク大公である、と知らされていなかったならば、あまり、誰も興味をもたなかったのではないか、と思われるような、背も高からず低からず、からだつきは分厚いびろうどの大仰な衣類に包まれてほとんどわからなかったが、おそらくあらわれている首すじや手首などから見るにわりあいほっそりとした——かなりずんぐりした体形のものが多いクムの人間としては、という程度でしかなかったが——痩せ形の体形をしているようであった。

かつては「クムの三公子」として知られた、タルー、タル・サン、そしてタリクの三人兄弟の末息子であったタリクは、本来であれば、このようにクム大公になる幸運はめぐってこなかったはずであった。だが、不思議な運命のもつれが、ついにこの甘やかされた末っ子を、ただひとりのクム大公家の生き残りとして、クムの大公位につかせるにいたったのだ。まだ、二十代のなかばになるならずのタリク大公が、大公に即位してから、それまでさんざん激しい運命の荒波に弄ばれてきたクム大公国にもいささかの平穏な時期が訪れ、戦乱はいったん終わりをつげ、クムは懸命に復興への道をひた歩んでいた。もう、クム大公家には、あの凄惨をきわめたアルセイスの惨劇のおかげで、この三男坊以外、まったく直系の生き残りはいなかったので、逆にクム国民もクム大公家の重臣たちも、ひたすらこの若僧を大事にまつりあげて、盛り立ててゆくしかなかったのも事実であった。だが、それで、逆に、クムの国内はかなりよくおさまっていた――というのは、マリウスがグインに話してきかせた話であったが。

「タリクというのは、まあそれほど頭がいいわけでもないが悪いわけでもないし、性格もそれほどいいわけでもないが悪いわけでもないし、見かけも自分で思っているほどいいわけじゃあないが悪いわけでもない。それに、案外素直なたちらしくてね。そのおかげで、クムの重臣たちはたいそうタリク大公を可愛がり、大事にしているという話なんだ。そのおかげで、クムはいまのところ、これまでに珍しいくらい平穏無事な時期を迎えている。――これまで、三公子が元気にそろっているときには、それぞれを擁立しようとする各派が暗躍したり、先代のタリオ大公というのはなかなか野望にみちた人物だったし――まあ、ある意味では、凡庸だ、というのは、国にとってそう悪い支配者でもない、ということなのかもしれないね。……少なくとも、タリクになってからまだそう長いわけじゃないが、その後はクムはとても平穏無事にまとまっているからね。むろん、いったん事がおこれば、そうはゆかなくなるだろうが、いまのところは、クムはむしろケイロニアに続いて中原のなかで平和を維持している国といっていいと思うよ」

マリウスがそのような話をしていたのは、あの、遠い辺境のユラ山系を抜けてゆく二人で旅していた森のなかのどこかであったと思う――と、グインはかすかに思い出していた。

目の前のタリク大公はだが、おそらくは、自分の――支配者としての力量についてはどうだかわからないが、おのれの容貌、容姿については、どういうわけか、実際の百倍くらい、絶大な自信を持っていることは、ひと目みただけでさえ、疑いをいれなかった。大公は、これまた非常に凝った服装でめかしこんでいた――タイス伯爵がまとっているのとそれほどかわらない、分厚いほとんど中の体形などわからないごわごわしたびろうどの衣類ではあったが、それはおそろしく高価そうなもので、紫色のびろうどに、銀糸と、そしてきらびやかな小さな砕いた宝石をびっしりと縫いつけてあった。髪の毛はきれいにまとめてうしろでたばねられていたが、その上から、黒びろうどのゆったりとしたかぶりものが巨大な宝石の入った飾りでとめつけられ、耳飾りもつけ、首もとにもき

らきらする飾りをかけていた。マントのふちにはクムのレースがつき、衣類のえりもと
と手首にも、ふんだんにレースが使われていた。
非常な衣装道楽である上に、タリク大公は、明らかにひっきりなしにおのれが「注目
の的」であることを意識しているようであった。何か、非常に人工的な、まるでいつも
見られ、賞賛されていることを意識してとりつくろっているかのような、相当にわざと
らしい微笑が、ひっきりなしにその口辺に浮かんでいる。タリクは、面白そうに豪華な
玉座からなかば身を乗り出していた。タイ・ソン伯爵が、手をのばして、大公に水晶で
作った、片目にはめこむ拡大鏡を手渡すと、大公は気取ったようすでそれを受取り、そ
して、かなり至近距離であるのに、それを目にかざして、ゆっくりとじろじろとグイン
を見つめた。
「ほほう……」
その口から、あのさっきの甲高い声がもれた。
「これが、タイス伯爵のいわれる、モンゴールからきたという、タイスの闘王一位、グ
ンド闘技士か。なるほど、こうして見ると、どこから見てもうわさに高いケイロニアの
豹頭王をまねたとしか思えぬ外見をしているようだ」
「この男はあさはかにも、興行に役立てようと、魔道師に頼み込んでこのような豹頭に
なるよう、魔道をかけてもらい、その魔道がききすぎて、とけなくなってしまったのだ

そうにございます」

タイス伯爵が説明した。

「また、魔道師が、魔道をとくためには多額の金を要求したので、やむなく大道で擬闘の芸をみせて、その多額の金を稼ごうとしていたさいに、その芸が評判となり、タイスにやって参りました。が、そこで闘技士としての本領を発揮し、タイスの名だたる闘技士どもを総なめにいたしましてございます」

「素晴しいからだだ」

うめくように、タリク大公が云った。

「苦しゅうない。グンド、立ってみせてくれ。そしてその体格をすべてこのタリクに見せてくれるがいい」

「立て、グンド」

ぴしりとタイ・ソン伯爵が云った。タイ・ソン伯爵はタリク大公より小柄で、それに年もくっていたし、それにいかにも、見るからに一目でわかってしまうほどにタリク大公に対してこびへつらおうとする態度を見せていたが、それでも、おかしなことに、微妙にタイ・ソン伯爵のほうが、ある意味ではまだ、「支配者」らしい風格があった。タリク大公が、それほどに風格が欠けている、というわけでもなかったが、しかし、妙に、そこにいるのが「クムの大公閣下」だ、と考えるには、何か落ち着かなくさせるものがあった。グインは、黙って立ち上がり、その雄大な体格を広間を埋め尽くした武将、文官、重臣、近習たちの目にさらけだしながら、なぜそのようにこの若い大公が、見るものに落ち着かぬ気分を起こさせるのか、考えていた。

その解答はだが、タリク大公が、たまりかねたように立ち上がり、グインをさらに近くにくるようにと手招いたとき、すぐにわかった。

「ここにくるのだ、グンドとやら。そして、このぼくにお前のそのみごとな体格をすべて見せてくれるがいい」

タリクが叫んだ。そのようすにも、グインをちらりと見上げた目にも、なんといったらいいのか、奇妙な、「甘えるようなもの」が滲んでいたのだ。それが、グインを妙に落ち着かぬ気分にさせたし、また、なんとなく、どれほどきれいに飾りたてていても、そこにクムの現在の支配者たる大公閣下がいるのだ、という貫禄を欠いてしまっている最大の原因であるようであった。もっともその甘えるような態度は、タイ・ソン伯爵が見せている、媚びへつらう態度とはかなり違っていた。タリク大公のその態度は、（僕はこんなに可愛くて綺麗なのだから、大事にして）とでも、まわりのものに哀願しているような、妙に正視にたえない印象をおこさせた。ごく普通にしていれば、ごく凡庸な、平凡なあまり目立たない青年であっただろうし、逆にまた、その態度に見合うほどに、本当に美しい容姿や目立つオーラをでも持っていたら、そのようにふるまってもそれほどおかしくはなかっただろう。だが、タリク大公は見たところ、確かにそれほど醜男でもなかったが、きわだって美貌の青年というわけでもなかった。が、一見すると、タリク大公の自意識は、さながらまるでおのれがかのアルド・ナリス当人でもあるかのような——中原随一の美男子ででもあるかのようなセルフ・イメージで凝り固まっているかのようであった。それが、妙になまめかしげな睫毛のあげかたただの、人工的な微笑だの、流し目だのにかいま見えてしまうので、はたのものは、なんともどうもくすぐったいような、落ち着かないような、正視にたえぬような気分に引き入れられてしまうようだった。あえていうならば、どうもタリク大公の立ち居振る舞いは、微妙にあのロイチョイのサール通りを連想させるものがあったのだ。

「なんと、すごい体格なんだろう!」

だがタリク自身は、その態度と、おのれ自身の外見とのあいだに、何の齟齬も感じていないのはむろん明らかだった。それはおそらく、年若い、うしろだてもすべて失った大公として、ずっと年長の重臣たちに擁立されてそれほどひいでたものもないままになんとかやってきているあいだに、いつのまにかタリクが身につけてしまった、保身術としての態度だったのかもしれぬ。タリクは目をやや大仰にぱちぱちさせながら、上から下までグインを何回も見回した。

「本当に素晴しい。——タイ・ソン伯爵、伯爵はこれでもちろんもう、今回こそは水神祭りの闘神冠はタイス小屋のものだと、確信しておられるのだろうね？」

「いやいや、そのような口はばったいことは申しませぬ」

タイ・ソン伯爵が微妙ににやにや笑いながら云った。こちらはまた、きわめてうやうやしくしており、いかにも世故に長けたふうに媚びへつらいながらも、その奥にまた、いかにも世故に長けた人間らしくさりげなく多少ばかにしたようなものをすべりこませる、という、なかなか性の悪いことをしているようすであった。もっとも、あまりぱっとしないむすめをなんとかして大公妃に送り込みたい、という目的のほうが最大であったので、むろん、その前にタリク大公をむっとさせるようなつもりは、まるきりなかったに違いない。多少のばかにした態度というのは、おそらくこれはもう、タイス的とか、タイス病とでもいうしかないものだったのだろう。

「何を申すにもルーアンにはかの大英雄がおられる。——むろんしかし、このとおりの体格でございますから、もしもかの大英雄が最近いくたびか発表されておられるとおり、これで引退されるおつもりであれば、そののちには……それこそ、『エルハンがいない土地ではサイ《クロノ》が幅をきかせ、くじら《ガトゥー》のいない海ではシャチ《トラス》が王様』というものでございますからな」

「だが彼は今回は少なくとも、彼の伝説をまだ作り続けるつもりだと言明している」

重々しく知的にふるまおうとしながら、タリクが云った。

「だから、今回はルーアンはほかのどの小屋にも、闘神マヌの花冠を渡すつもりはないのだ。だが、それにしてもみごとな体格だ。この体格どおりの動きが出来るのであったら、さぞかし彼とこの男との試合は見物になるに違いない」

（ガンダル――）

グインはじろじろとなおも珍しそうに眺められるのに耐えながら、内心、ちらちらと目を広間のすべてに配っていた。

実際には、グインの興味は、タリク大公の上になどありはしなかった。グインの興味は、そもそもの最初から、この室に連れてこられたそのときからひたすら、《クムのガンダル》――伝説の英雄、この世界での最大の英雄のひとりとされている、古強者の剣闘士の上にしかなかったのだ。

ありとあらゆる伝説に包まれたガンダル――他のすべての国に対しては「クムのガンダル」であり、クム国内では「ルーアンのガンダル」である男。クム、といえば、ガンダル、と、中原ではたとえ三歳の幼児といえども答えるだろう。それほどにガンダルは有名だ。その上に、ここに連れてこられてから、ずっときかされているガンダルの伝説は、不気味なことばかりだった。勝つためには、ずっと続いている連戦連勝の記録を守るためには、相当に汚いこと、後ろ暗いこと、陰惨な秘密の手法をも使うのをためらわぬ、とか――確かに不世出の闘技士であるには違いないが、あまりにも人間離れした怪物であるので、ひとづきあいがならぬとか——試合の前には、必勝を期してかの有名な《特別料理》——幼い男の子の肉のステーキをしか食わぬとか、試合の前に限らず、食するものは人肉のステーキだけであるとか——

女性に接すると女性から、男性的であることをさまたげる成分が男性にうつる、と称して一切女性と交接せぬ、といううわさもあった。ということは、食するにせよ、交接するにせよ、男性としかせぬ、ということなのかもしれぬ。いずれにせよそうなるともはやそれは伝説の領域だが、ただ、とてつもない不気味な怪物であることだけは、疑いを入れぬ。

グインはおそろしくこまごまと注意を配っていたのだが、一歩広間に入ってきて顔をあげることを許された途端に、（ガンダルはどこだ——）と素早く目を走らせ、そして、ひそかな失望を覚えていたのだった。

ガンダルは、少なくともここにはおらぬ。この、居並んだきらびやかな、ひどく着飾った人々の群れのなかのどこにも、ルーアンのガンダルらしいものはいない。いるはずもなかった。

もし、この中にそんなふうにとてつもない存在がいるとしたら、大きさの点からも、その醸し出す尋常ならざる雰囲気の点からも、それは一瞬でグインの目をひきつけたに違いない。だが、そこに居並んでいる廷臣たち、クム大公の重臣たちは、いずれも、たいそうきらびやかに着飾っていたし、たいそうしゃっちょこばってもいたし、たいそう偉そうでもあったが、グインからみたら、いずれも刀のさびにもならぬような連中ばかりであった。

大公とタイ・ソン伯爵の姫たち、そしてタイ・ソン伯爵とマリウス、という、いわばこの一座の中心となっている主人公たちをとりまくようにして、両側に、何列にもなって、雛壇のように椅子を並べ、文官、重臣、武将たちが並んでいる。文官であるらしいものたちは、大体同じような、ゆったりと長い袖の、長いふっくらとしたトーガとその下から出ている長い裾のゆったりした足通しを穿き、その胸のところにはそれぞれに非常に手のこんだ刺繍がされ、いろいろなじゃらじゃらした飾りが下がっている。頭には、みなそれぞれに帽子のようなものをかぶっているが、どうやらそれがなんらかの、位階や役割を示しているらしく、何人かは同じかたちの丸帽をかぶり、何人かは円筒形のちょっと長いめの帽子をかぶり、その先端からいろいろな色の房を垂らしている。

また、武官とおぼしい者は、もうちょっと細身の活動的な衣服を着て、その上からかなり長い、これはちっとも活動的でないマントをつけている。腰には大きな幅広のサッシュがまかれ、そのまんなかに巨大な円盤のようなかたちのきらびやかな飾りがそれぞれにつけられ、そしてそのサッシュから短い剣がつるされている。先のそりかえった靴をはき、先端のとがって両側にかぶとの角のようにとがった部分がはねかえっている、ちょっと目立つ帽子をかぶっているのが、すべてどうやら武官であるようだ。また、これは学者とか参謀とかの任務にあたるものなのだろう、長いあごひげをはやし、奇妙なかたちの、頭のてっぺんにちょこんとのせたような格好の帽子をかぶってその先端から長い房を両側に垂らしている老人たちは、灰色や黒などの地味めのゆったりした、裾が床までくるトーガを身にまとっていた。

むろん女たちもいる。女たちは、それぞれの階層にしたがってクム流のあのかなり猥褻な衣類を身につけ、その上から大きなストールをまとっていて、これもおよそ実際的ではない。これは、だが、貴婦人たちというよりも、実際には宮女たちである、というようすだった。みなわりとお仕着せっぽい同じような格好をしていたからだ。

そのあいまにむろん大勢の小姓たち、近習たちが、これはもうグインもだいぶ見慣れたお仕着せをつけていりまじっているが、タイスの、タイス伯爵の配下のものと、タリク大公に属するものとでは明らかにまったく違うお仕着せをつけていて、大公家の直属のもののお仕着せのほうが、色合いはやや地味だったが、格好は相当に大仰そうだった。それに人数も大公家の小姓のほうが、こちらが訪問者であるというのにずっと多い。いったい、あの——ブランの見た巨大な御座船で、どれだけの人数をルーアンからともに連れてきたのか、と思わせるほどだ。

だが、それだけ大勢の人間たちが威儀を正して居並んでいても、そのなかで、グインをひきつけ、はっとさせ、(これがそれだ!)と思わせるような個性の強い者、強烈な何かを発散しているものなどはまったくいはしなかった。

(どこだ。ガンダル――)

すでに、この広間にガンダルが待っている、と聞かされてきたのだ。グインはやや、じりじりした思いで、目をふせた。ガンダルはこのような普通の謁見の席や饗宴の席になどは、出ないのだろうか、と思う。

不思議なことに、タリク大公に直接まみえて、おのれの正体を見抜かれ、面白くない展開になる、という不安を、グインは、ほんもののタリク大公をひと目見た途端に、まったく失っていた。ありていにいうと(どうでもいい――)というような、当のタリクがきいたらさぞかし怒りそうな気分になっていた。

(かなりおおっぴらにふるまっても大丈夫だ。この男には、あまり……ものごとの本質などを見抜く目はなさそうだ……)

そのような痛烈なことを、おとなしやかに目をふせて、ありったけ観賞されながら立っているほとんど裸の《闘技士》が考えていることを知ったら、さぞかしタリクは怒ったに違いないが。

(ガンダル――だな。問題は……)

とうとう、ここまできてしまった。逃げることも、うまくごまかすこともかなわず、もう、タリク大公がタイスに到着してしまったからには、明日には水神祭りがにぎにぎしくはじまってしまう。

そうなってから、なんとかして逃亡出来ぬものか、という思いはまだ捨ててはいなかったものの、もうここまでくると、ガンダルとも戦わぬわけにはすまされぬだろうか、という思いもある。ひとたび、唯一の機会にかけてこころみた決死の逃亡があえなくつぶされたいまとなっては、いっそ、（もう、運命神ヤーンのおぼしめしのままに、なるようになれ——）という、やけっぱちな気分さえある。

（きっと、ヤーンは、よいようにしてくれるはずだ……）

それはあるいは、あまりに倨傲な自信であったのかもしれなかったが——

「閣下」

タイ・ソン伯爵が、媚びるような声を出した。

「ルーアンの、いや、世界の闘王ガンダルと、この男を——この場でまみえさせるという覚し召しでございましたが……」

「いかにもそのとおりだ」

タリクがいうのをきいて、グインは、ゆっくりと、少しだけおもてをあげた。

「いま、ガンダルもこちらにやってくる。——ガンダルもおおいに、このたびの挑戦者に興味をもっている。さきほど、もうすでに迎えをやってある。まことであれば、このような饗宴の席には彼は一切姿をあらわすのをいなむのだが、この男のことは見たいといっている。グンドとやら、たったいま、ここにお前が戦う相手が——伝説の闘神が姿をあらわすぞ。楽しみにしているがいい」

2

奇妙な沈黙が、広い、そしてきわめて大勢の人間がわやわやと占領している謁見の大広間にたちこめた。

というのもおかしな話であった——実際には、がやがやというひそやかなざわめきはつねに、梢を吹く風の音の通奏低音さながらにずっと続いていたし、それどころか、広間の一番端のところでは、静かに、賓客たちの会話の邪魔をせぬようなひそやかな音で、楽士たちがずっと音楽を奏で続けていたのである。

だが、それにもかかわらず、なんとなく、広間は一瞬確かにしーんと静まりかえった。そして、いたずらに、楽士たちの奏でる楽の音だけが、なんとなく人々が息を呑んだその広間の空間のなかに、風の音のように吹きすぎていった——そんな感じがした。

まるで、それは、運命神ヤーンがそのしわ深い片手をあげ、ゆっくりと、人々を制したかのようであった。ヤーンのしわぶきが、人々を黙らせたかのように、広間をそれぞれの身分にしたがった場所で居並んで埋め尽くしていたクムのおえらがた、重臣たち、美姫たち、小姓たち、騎士たち、武将たち、そしてうぞうむぞうたちの全員が、なんとなく息を呑んで顔を見合わせた。だが、いったい、《何が》かれらをそうさせたのかは、かれら自身でさえ、わかってはいなかったに違いなかったのだ。

グインはその一瞬の静寂の真っ只中に、凛と豹頭をもたげ、さながら遠いかすかな《時》のざわめきに耳をすませる彫像でもあるかのように雄々しくその巨軀をまっすぐにして立っていた。そのおもては豹頭でもあったし、まったくの無表情であったので、なおのことそのすがたは彫像然として見えていたが、そのトパーズ色の目はなにものをも見ておらぬかのようにさえ見えながら、その実、何ひとつ見逃さぬ鋭さをもって、あやしく瞬いていたのであった。

「あ――あー……」

奇妙な気まずくもある沈黙を破るように、咳払いしたのは、タイ・ソン伯爵であった。

「それでは、ガンダルどのは、まもなくここにおみえになるのでございますな」

「さよう、いま、人前に出る準備をととのえている。あの男も、あまり人前に出ることを――闘技場ではむろん別だが、もともと好まぬので。ことにこのところ、なおのこと、その傾向が強まってきたように見受けられるのでね、タイ・ソン伯爵。というのも結局、ガンダルほどの輝かしい栄光に包まれた生涯を送った者にとっては、おのれがしだいに年老いてきた、というようなことも、なかなかに――世の常の人間にとってはまったくあたりまえのことにすぎないのだが、ガンダルほどの伝説の主人公にとってはなかなかに受け入れることが難しいようなのです。簡単にいえば、彼は、全盛期と同じ姿をしか、人前にさらしたくないと思っている。それで、彼が人前に出てくるのには、とても時間がかかるのだ」

タリク大公が説明した。なんとなく、その説明は、おのれの飼っているきわめて珍しい猛獣を自慢しているようにも聞こえたし、同時に、さりげなくタイ・ソン伯爵に、この遅滞を言い訳しているようにも聞こえた。

むろんタイ・ソン伯爵はきわめてじょさいなくそれを受けた。

「おお、もちろんそうでございましょうとも」

タイ・ソン伯爵が微笑みながら云った。

「むろん我々はみなガンダルについては何でも——いや、少なくとも、ルーアンが我々に知ってほしいと思っているほどのことはすべて知っております。その意味では、彼自身よりもさえ、我々、彼のひいき筋のほうが、彼については詳しいのではないかとさえ思うほどでございます。あらかじめ、彼については、さまざまなご注意を受けまして」

タイ・ソン伯爵は今度は、なかばは、ほかのこの広間に居並んでいるタイスの重臣たちや、また、タリク大公についてきた随身たちに説明するように声をちょっと張った。

「ガンダル専用の通路や入口、そして控え室や滞在中の特別の場所を用意するよう、気を付けました。――それというのもガンダルはあまりにも偉大であり、そして巨大なので、通常の大きさの室ではとうてい居心地よく滞在出来ぬであろうし、また廊下や入口にせよ、普通の者達と一緒では彼の自尊心も許さぬばかりか、他のものがおそれるだろう、というあらかじめのご注意があったからです。それゆえ、御座船がタイス桟橋についてより、ガンダルについてのみは、まったく別に通路をもうけ、英雄の来訪に喝采しようと待ち焦がれていたタイスの住人たちに邪魔されることのないよう、別の桟橋に別のはしけでのぼってもらい、そして特別誂えの巨大な馬車にてこの紅鶴城へと到着してもらいました。――そしてただちに、まったく人々の目にふれぬ入口から、彼のためにあらかじめ用意した特別製の控え室へと案内し、くつろいでもらっていたのであります」

「………」

声にならぬ感嘆のどよめき――また、もっと明瞭に、ざわざわと囁きあう声が、広間を満たした。

グインは大人しくまったく同じ表情と態度を崩さずに、豹頭の彫像然とそこに立ったままこのことばを聞いていたが、ひそかに内心では、（なんとも大仰なことだな！）と考えていた。それはグインからみれば、どちらかといえば、「伝説をより一層強化しよう」とつとめているようにしか、受け取れなかったのだ。この世に、それほどに勿体をつけなくてはならぬほどの英雄、闘技士が存在しているとは、グイン自身は微塵も思っていなかったからである。

だが、人々は申し分なく仰天したようすだった。そして、いかにもそれでこそ、長年クムに闘神の象徴として君臨しているガンダルにふさわしい、といったように互いにもったいぶってしきりとうなづきあった。

それもまた、グインにとっては奇妙な田舎芝居のようにしか見えなかったが、グインはきわめて大人しくしていた。タイ・ソン伯爵はまるでそのガンダルの神話的な《特別さ》がおのれの手柄ででもあるかのように痩せた胸をそらせ、ときをつくるおんどりのように自慢そうに見えたが、人々がその次のことばを待ってじっとしているのをみるとさらに満足そうにことばをついだ。

「そして、ただいま、われらがうるわしき大公閣下の懇請により、その英雄ガンダルは異例の顔見せのために、こちらに向かっておられる、とのことであります。すでに、その特別の控え室を出て、まもなくクムの誇る英雄ガンダルがこの謁見の間に到着するのです！」

おおっ、というような歓声とどよめきがいっせいにおこる。それを、また、手をあげて、タイ・ソン伯爵はもったいぶって制した。

「むろんしかし、ここにいるタイスの誇る闘王、若きグンドとの顔合わせは本来、闘技場でのみ、なされるべきなのであります。——何故なら、皆様とてもご承知おきのとおり、すぐれた——いや、なみはずれた力をもつ闘技士というものは、その力を闘技場で発揮するだけでは事足りず、たえずその力を発散する場を求めているものであるからであります！」

俺はそんなものは求めてなぞおらんぞ、とひそかにグインは考えた。

同時にまた、おのれが「若き」グンド、と紹介されたことにも少なからず仰天していたが、もっともグイン自身はおのれの正確な年齢というものについては、まったく知識がなかったのだから、なんといわれたところで、それは云ったもの勝ちというものであった。それに、そこにいる人々にとっても、グインの本来の顔などというものは、この豹頭のなかにあるのかないのかさえわからないようなものであったし、肌の色つやからだけ見れば、グインは何歳であるといったところで——十代であると強弁されようが、二十代のはじめだと云われようが、脂ののりきった四十代だといわれてもべつだんうなづけないこともなかったのだ。それに少なくとも、「ガンダルよりも年若い」ことについてだけは、誰しもがまったく、疑いさえしていなかった。それほどに、クムの人々にとっては、「クムのガンダル」といえば、ほとんど「有史以前から」クムに君臨していたのではないか、とさえ思われる伝説の英雄だったからである。

「遅い」

タリク大公が、ふいに、おもてをあげて、わずかに苛々したようすをみせた。

「何をしているんだ、あいつは。——おい、誰か、ガンダルの控え室にいって、彼がいまごろどのあたりにいて、どうしようとしているのか、見てこい。何を心配しているんだ。いまは試合前じゃない。彼に近づいたからといって、やみくもにつかまえられて生血を啜られたり、肉を食われたりしてしまう恐れはないんだぞ」

この物騒な宣言をするなり、タリクはいかにも神経質そうなくすくす笑いをもらしたが、そうしてみるとこれはタリクにとってはむしろ面白い冗談であったらしかった。

だが、「ガンダル伝説」にさんざんおびやかされているタイス宮廷のものたちにとっては、これは「面白い冗談」などというものではなかったのだろう。小姓たちと近習たちとはたがいに顔を見合わせ、(お前が行け)(何をいってる、お前こそゆけ)とひそかに譲り合い、というよりもおしつけあいをするようすで、誰もなかなか腰をあげようとはしなかった。

それをみて、タリクがふいに雷を落とした。

「何をしている！　ぐずぐずしないで、早く見てこないか。ガンダルとて魔物や鬼や化け物ではないんだぞ。一応は同じ人間に違いないんだ。いきなりお前たちをとっつかまえてとって喰らうような礼儀知らずなことはしないぞ。もしも大事な試合を控えていたらわかったものではないがな。さあ、早くいってくるんだ」

「おい」

タイ・ソン伯爵が困惑したようにあごをしゃくった。小姓たちはなおもじもじしたが、近習が二人ほど、ようやく、「はっ」と乗り気薄に返事をして、おっかなびっくり室を出ていった。

グインはそのようすをなおもじっと見つめていた。タリクのようすがなかなかいろいろと変化するさまもちゃんと見届けていたのである。この若い大公が、甘えたようすをしていはするけれども、なかなかにその中ではけっこう、苛立ちやすくもあれば、いざとなれば癇癪持ちでもあるらしい、というようなことも、ちゃんと、グインの目には入っていた。もっともこれらの特質はおそらく、支配者の上にあった場合にはとかく、一緒にはなりやすいものであったかもしれないが。

広間のざわめきは、いっそう微妙なものになっていった。人々は、いまとなっては、ガンダルが出現するのを待ち遠しいと同時に相当おそれてはらはらもしていたし、どぎまぎもしていたし、また同時に、今度はクム大公の機嫌についてもかなり心配していた。それで、かれらはグインの目にも明瞭にわかるほどに、わざとらしくさんざめきはじめ、大公の機嫌を損じないよう、しきりと追従を云ったり微笑んだり、顔が疲れてしまうほどに笑ってみせたりして、にぎにぎしい雰囲気と明るいようす、楽しげな空気を作り続けようと必死になっていた。

だが、そうすればするほど、不思議な圧迫感のようなものがこの広間にひろがってくるようであった。それはまぎれもなく（まもなく、《あのガンダル》が姿をあらわす……）ということによっているもののようだった。なるほど、してみると、ガンダルが、おのれをあまり人前にたやすくさらさぬように気を配っているというのも、方策としては聡明であるのかもしれないし、同時にまた、それは当然の結果だったのかもしれぬ、とグインは非常な好奇心にかられながらひそかに考えていた。

そのあいだ、気の毒なリギアのほうはすっかり忘れ去られたまま、ずーっと平伏しっぱなしだったのであった。これにはリギアは内心相当腹をたてていたが、しかし勝手に顔をあげるわけにもゆかなかったので、そのままいるしかなかった。人々がだが、いったんちょっと落ち着いたと見たところで、さいわいに、タイ・ソン伯爵が、リギアの平伏したままの姿に目をとめた。

「おお、そうだ。忘れていた」

タイ・ソン伯爵は陽気に云った。ガンダルの登場を待って緊張をはらんでしまったひとびとの気分を和らげられるかっこうの材料があったのを思い出して、伯爵はむしろほっとしたようであった。

「闘王グンドを御紹介するのに気を取られ、タイスにあらたに登場した女闘王候補の御紹介を忘れておりました。――女闘士リナ、顔をあげよ。立ち上がってよろしい。そしてクム大公タリク閣下に御挨拶するのだ」

「恐れ入ります」

リギアはもう平伏するのにすっかり我慢の限界にきていたので、かなりほっとして立ち上がった。

リギアが立ち上がってそのゴージャスな肉体美をみなの前にさらして大公のおん前に進み出ると、これはこれで陽気な、またしてもかなりほっとしたようなざわめきがおこった。女性の美しさというものはその意味では、ことにタイスやクムそのもののような土地柄では、非常に大きな力をもつもののようであった。リギアはクムふうの、肌もあらわ、というよりもリギアのいう「裸よりも裸にみえる」かなり猥褻な衣裳を着せられていたが、これは、ほっそりと華奢なタイプよりも、リギアのように、腰がよくくびれ、立派な堂々たる尻とゆたかな胸がみごとにこんもりと盛り上がり、長い脚がすらりとのびている、といったような体形の女をこそ、一番美しく見映えしてみせるような衣裳であった。豪華な飾りもいろいろと首にも手首にも、耳にも髪の毛にもつけられていたし、そしてよく日にやけたリギアの浅黒い肢体は充分すぎるほどに豊満で、しかも引き締まって見事であったので、グインが立ち上がってその雄渾な体格を皆の目にさらしたのに劣らず、リギアのその美しい姿も人目をひいた。化粧して、くっきりとクムふうに緑の目張りを入れられ、真っ赤な口紅をつけたので、リギアのもともとはっきりとした美しい顔立ちはいっそう鮮やかに映えていた。

「これは美しい」

思わず、タリク大公も鼻を鳴らして歓声をあげた。

「これが次の女闘王候補とは。それは、タイス伯爵はお幸せなことだったな。ぼくも自分の《小屋》に女闘士の部も持っているからとてもよくわかるけれども、たいていの場合女闘士の最大の問題点というのは、強さと美しさというのが、大体において、ほぼ十割の確率で反比例してしまう、ということなのだ。ぼくのところの女闘士の一番手は今度も水神祭りの女闘士の平剣の部に参加するために一緒に連れてきている、昨年度のルーアンの女闘王、イーサイだけれど、イーサイがここにいないからこっそり云ってしまうが、彼女はたいていの男よりもずっとたくましくごつい上に、たいていのカバ《ショルク》は彼女より美人だろう。こういったらイーサイはさぞ怒るだろうし、イーサイが怒り出したら、ぼくなど片手で引き裂かれてしまうから、ぼくがこんなことを云ったなどと、決して誰も告げ口しては駄目だよ」

人々はわっと笑い声をあげた。タリクは満足そうであった。

「彼女の試合を見に行ったら、ここにいる若い宰相のエン・シアンが云ったとても面白いことがあるんだ。そうだね、エン・シアン」

「はあ、覚えておりますとも。わたくしはこう申し上げましたので。なんと、イーサイを見たあとでは、タリク閣下のほうが何倍も美女に見えますよ！　と、でございますね」

疑いもなく、この追従は、タリクには、おのれの《美貌》を保証してくれるものとして、この上もなく気に入ったことばだったのだった。タリクは満足そうに目を細めた。

「まったく失礼なことをいう奴だ。それだってイーサイの耳に入ったら、あのごっつい、まるで松の根っこのような腕でもって、エン・シアンなんてからだごと引き裂かれてしまうに違いない。イーサイは、エン・シアンの三倍くらいはあるんだから」

「はははははは」

人々は、その場にいないその女闘士をやり玉にあげられることにむしろほっとしたような傍若無人な笑い声をひびかせた。そこまで面白い話だともグインは思わなかったが、明らかにタイスの、いや、クムの人々にとっては、そうやってひとを差別し、笑いものにすることは何のタブーでもなく、むしろとても気の利いた面白い諧謔にほかならなかったのだ。

「イーサイとかのユラニアの公女――いや、女大公になったネリイとを一度、戦わせてみたかったたな」

タリクが毒のある口調で云った。

「どちらも同じくらいすごい女イノシシだったものを。ネリイは惜しいことをした。あの女性は、ユラニアの女大公だの、兄上の妻だのというものじゃなく、闘技会の女闘士の部でこそ一番本領を発揮できるはずだったのにね」

「しかし、よくその女イノシシを、閣下のような華奢なおかたがこうして仕留められましたもので」

エン・シアンが云った。グインはかすかに目を細めて、ずいぶんと追従を垂れるやつだと考えながら、若い宰相の顔をひそかに眺め、ほかのものと区別するように記憶に刻みつけた。マリウスにかつて教えてもらったところでは、クムの宰相はアン・ダン・ファンという非常に名宰相として知られた老人であったが、その老宰相がついに高齢のために公職を退いてのち、若いながらも非常なやり手として知られていた若いこのエン・シアンが、後継者にたち、うら若いタリク大公を補佐にあたっている、ということだった。

そのエン・シアン宰相は、タリク大公よりは七、八歳くらい年長にみえるがまだ充分に若い、ちょっと神経質そうだがなかなかやり手らしい整った顔だちの男で、タリク大公にひっきりなしに微笑みかけたり、なんとなく首をかしげてタリクをのぞきこんだりするさまが、もしもサール通りで出会ったのでありさえすれば、（間違いなくこの二人は出来ているんじゃないか）などと思わせてしまうところだが、このような公式の場所ではその態度はあまりそぐわないばかりか、どうも、必ずしもそうとも思えなかった。

エン・シアン宰相のリギアを舐めるように見回した目は充分に好色そうだったし、その後も、タリクを眺めるよりは、リギアを見るほうがずっと楽しげで、熱もこもっていたからである。

おそらくは、エン・シアンのそうした態度も、タリクの暗黙の要求——というよりも、保身だの、計算づくのそれだと思われた。それゆえに、なんとなく、全体にぎくしゃくとした感じがいなめないのかとも思われたのだ。

「だがイーサイとこの美人闘士が戦うのは楽しみだが、イーサイはうっかりつかまえられたら、そのまま素手でこの美女を引き裂いてしまうに違いない」

しつこく、タリクが云った。

「だから、お前はさんざん逃げ回って、決して剣を奪われないようにしなくては駄目だ。イーサイは、綺麗な女には何によらずとても敵慨心を燃やしているんだ。綺麗な女を殺してやるのが最大の快楽だ、とまるでユラニアの先代の大公妃のようなことを豪語しているからな。あれもなかなか呪われた化け物だよ——おお、そうだ。この闘士の名前をきくのを忘れていた。なんといったのかな」

「閣下にお答え申し上げよ」

鋭く、かたわらの宮臣が云った。リギアはおとなしく、丁重に頭をさげた。

「リナと申します、クム大公閣下」

「リナか。どこの出身だ」

「パロでございます、大公閣下」

「おお。パロか。それならばわかる。パロの男女はみんな美男美女が多いからな。それにくらべるとモンゴールは見られたものじゃないし……それでもユラニアよりはマシだけれどもな。もっともわがクムは女性は美人だが男性はそうでもない、というあまり名誉でない評判が高いんだけれどもね」

「いやいや、タリク閣下の存在が、その不名誉な評判をおおいに消してくださいましょう」

すかさずエン・シアンが追従を垂れた。グインは大人しく今度はグインのほうが気配を消して豹頭の彫像と化してはいたものの、内心だんだんむかむかしてきた。そして、（この、べんちゃら垂れの連中め、なんだってこの甘やかされた若僧にそんなに媚びなくてはならんのだ！）と珍しく説教してやりたいような気分であった。

そのとき、さきほどおっかなびっくりで出ていった二人の近習が駆け込んできた。

「なにごとだ、騒々しい」

タイ・ソン伯爵がすごみをきかせる。近習たちがくずれるように膝をついた。

「大変でございます、伯爵閣下」

「なんだ。どうした」

「あの、ガンダル——どのが……」

「何だと」

タイ・ソン伯爵が腰を浮かせた。

「ガンダルがどうしただと。このような席へは来ない、とても駄々をこねているというのか」

「いえ、あの、さようなことではございませんで……」

「あの、ただいま、ガンダルどのはこちらに向かっておられるのでございますが……それが」

「おお、大変だ」

ふいに、近習の片方が首をちぢめた。

人々は、また、いきなり、化石したように静かになった。

今度は、楽士たちまでもがしんとした。

その、静寂の中に——

ひとつのぶきみな音だけが、はっきりと人々の耳に突き刺さったのだった。

ずしん——

ずしん、という、何かとてつもない、巨大な怪獣のようなものが、こちらにむかって近づきつつある、とてもいったような、ひどく凄味のある音が。

「わ……」

「うわっ……」

思わず、人々は、顔を見合わせた。

まず、タイ・ソン伯爵自身が、かなり不安そうな顔をして、豪華な椅子から腰を浮かせたまま、中腰であたりをきょろきょろと見回した。マリウスは天晴れなくらい無表情で、これまたあれほどにぎやかではあるが、気配を消す能力も立派に持っていることを証明していた。タリク大公はむろん怯えたようすなどなかった。わくわくしているようすで、大公は椅子からからだを乗り出した。人々はなんとなく浮き足だっていた。

そのなかを——

ずしん、ずしん、という音だけが、ゆっくりと——わざとらしいほどの間隔を置きながら、この大広間に向かって近づいてこようとしていたのである。

3

ずしん、ずしん――

まるで、何か不気味な、巨大な怪獣が、廊下をこの大広間に向かってのろのろと突進してきているかのようであった。

大袈裟にいえば、その足音が響くたびにこの広間全体が揺れるような感じさえある。

そして、その足音がしだいに大きく、近くなってきていることを悟って、広間を埋めた客たちは思わず、ちょっと不安そうに顔を見合わせた。むろん、到来するのはルーアンのガンダル、史上最強といわれるクムの英雄であることはわかっているが、しかし何かのはずみでそやつが暴れだしでもしたら、この広間にいるかよわい貴族たちなどは、全員あっという間にそやつになぎ倒され、踏みつぶされてしまうのではないか、と怯えたかのような顔色であった。好奇心と興味と不安と怯えとが、みなの面上に――すでにガンダルには見慣れているばかりか、その小屋主、つまりは主人であるはずのタリク大公の顔にさえ、いまや浮かびはじめていたのである。

　グインはじっとその気配に耳をすませながら待っていた。ゆっくりと近づいてくる足音は確かに尋常ではない。いかに巨大で、いかに重たかったとしても、一人の人間がここまで大仰な足音を立てられるものだろうか、と疑いたくなるような感じだ。さもなければ、思いきり、わざと足を踏みならして廊下の床を轟かせているのか。グイン自身も非常な巨軀ではあるが、しかしその気になりさえすれば、グインは、まったく何の足音も立てずに、猫のように移動することとても出来る。とてものことに、こんな大仰な怪獣じみた足音は立てることはない。

「うわ……」

「く、来る……」

「いったい、どうなったんだ。――ガンダルは、何をはじめようというんだ……」

　たまりかねたように、誰かが、しずまりかえったその大広間の静寂のなかで、ひそかな呻くような声をもらした。だが、そのおのれの声をガンダルに聞きつけられたら、とでも恐れたように、あわてて、声をのんだ。

　異様な静寂が広間を占領していた。もう、だれも、無駄口ひとつ叩こうとはしない。突然に、にぎやかな快楽と大騒ぎにみちていた、紅鶴城の大広間は、奇妙な恐怖と期待とに支配される場所になってしまっていた。

（これは……）

リギアが唇をかすかに動かしてグインに何か言いかけようとしたが、すぐにあわててておもてをふせた。

ずしん、ずしん――

遠かった足音はいよいよ地響きにまで高まってきている。それにつれて、人々のおもてに浮かぶのは、好奇心よりも、むしろ恐怖と怯えのほうが強くなってきていた。

グインはふっと、奇妙な気持がした。

もとより、マリウスにも、またタイスにきてからはいろいろな連中にさんざんよってたかってこのガンダルについて聞かされている。むろん、これまでの何十年にもわたってクムの伝説的な剣闘士としての王座を守り通しているというのだから、そこにいろいろな伝説や陰謀が付与されているにせよ、確かにすぐれた闘士であることだけは疑いをいれぬだろう。

(しかし、この皆の恐れようは――なんとなく、まるきり、生きた人間、生身の英雄をというよりは……何か、まったく人間とは違う奇怪な怪物でもあらわれると期待しているようだ……)

どれほど、強かろうが、どれほど超人的であろうと、だがそれでも人間には違いはないのではないのか、とグインは思う。

事実、おのれがどれほど強かろうと、おのれの戦闘能力にとて、限界があるだろう、ということをグインは忘れたことなど一瞬とてもない。むしろ、おのれに限界がない、などと思いこむことは、とてつもなく危険なことなのではないか、とグインは考えているのである。

（それとも、このガンダルという男は……何か、わけあって、おのれを、実際以上に恐しく、おそれられる存在に見せかけようとつとめているのだろうか……）

グインの胸をかすめたのは、そのような疑惑だった。

だがおもてむきはグインはいたっておとなしく尋常にそこに立ちつくしている。その無表情な豹頭の下で、そのような、神聖冒瀆ともいうべき思考がかけめぐっている、などということを、タイスの享楽的な人びとに知らせるようなきざしは、何ひとつとしてなかった。

ずしん、ずしん——

足音はいまや、雷のとどろきと化している。

「わあッ」

このたかまる緊張感に耐えきれなくなったかのように、誰か精神的に弱いらしいものが低いうめくような叫び声をもらした。たちまち、あたりから「しッ！」と制する声がおきて、またしんとしてしまう。

もう誰も何もしわぶきひとつ発せぬ沈黙のなかで、ゆっくりと、その雷鳴のような足音が近づき――

そして、ついに、大広間の入口にかけられている深紅色の分厚いびろうどの幕の前に立ったことがわかった。

人々がいっせいに息を呑む。

「クム闘王最高位、ルーアンのガンダルどの！」

ふれ係の、ややふるえ気味の声が告げたとき、人々の緊張と期待は最高潮に達した。

そのとき、びろうどの幕が、ばりっと粗野な音をたてて破りとられた。下から思いきりつかんで引かれて、上のところが破れてしまったのだ。つんざくような布の悲鳴がひびき、人々はひゃっとばかりに首をちぢめた。その、ちぎりとられたびろうどの布の半分ほどが荒々しく投げ捨てられた。

そこに、ガンダルが立っていた。

それが、クムのガンダルであることは、誰にも教えられなくても、ひと目でわかっただろう。というよりも、わかるしかなかった。これほど、巨大な人間というのは、存在し得ないはずだ――と、誰が見ても、そう思ったであろうからだ。

ガンダルはまさしく《巨大》であった。そこに立っているのが、生身の人間であろうとはまったく思えなかったが、もし本当にそのなかみが生身なのであったら、グインは生まれてはじめて、おのれを小柄に感じさせる相手と出会った、とさえいってもいいのかもしれなかった。

が、グインの鋭い目は、素早く、そのガンダルの姿を上から下まで走査していた。そこに立って、おのれの雄姿を広間を埋め尽くした客どもに観賞させるかのように動かずにこちらを見つめている男は身の丈二タール半以上もありそうだった。さすがに三タールはないだろうが、二タール半は確実にあるはずだ。だが、どこまでが本当のガンダルの身長であるのかはわからなかった。ガンダルは、おそろしく巨大な、底に分厚い鉄の箱のような格好のかかとのついた、鉄色の膝までのブーツをはき、そして首から上は、これまたどこまでが本当の頭なのかわからぬような、すっぽりと顔をおおいつくす巨大な皮にたくさんの鋲を打ち付けた、かぶとともつかず、盛り上がった帽子ともつかぬようなかぶりものに包まれていたからである。その顔面のほんの上半分だけが、覗き窓のように開いた目の部分からあらわれていた。口もともすっかり隠されている。だが、ちゃんと声がきこえるように、その部分は金網のようなものがとりつけられた窓になっているようだ。

そして、その巨大というも愚かな巨体を包んでいるのも、そのかぶりものと巨大な底上げのある靴に似つかわしい、きわめて大仰な鋲打ちの鎧と籠手あて、腰あてとすねあて、といった一式だった。ガンダルはまるで鉄と皮とで出来た小山が動き出したように見えたが、鎧の肩当てのところにも、中に何かたっぷりと詰め物がしてあるように両肩がこんもり盛り上がっていたし、腕のところも、肘のところでくくってあったがその外側に細長い革に鋲を打った板のようなものをつらねた籠手あてがついていたから、とてつもない太さであることはわかったけれども腕の本当の輪郭などはさっぱりわからなかった。

ただ、いずれにせよ、もしも多少なりともこの巨大な動き出した要塞のような外観の中に、それを満たすだけの中身が詰まっているのなら、やはりガンダルは相当にけたはずれに巨大な男であることは間違いなかった。それだけではまだ足りぬかのように、ガンダルは、その鎧の盛り上がった肩あてのところから、長い、床につくほどの漆黒の革マントをなびかせていた。手もまた外にはあらわれていなかった——手首から先は、巨大な、闘拳のグローブのような革に鋲打ちの手袋で覆われていたのだ。その手袋の先端にはとがったツメがついていた。

そして、それだけでもまだ足りぬ、というように、マントの右肩から左肩のとめがねには、盛り上がった胸を横切るようにしてじゃらじゃらと鎖の飾りがかけられていた。胸だけではなく、手の甲のところにも、腰にも、いたるところに、鋲と鎖が飾りとしてつけられていたので、全体としては、このいでたちは本当にとてつもない重たさになっていただろう。グインはひそかに納得した——もともと確かに巨大な男なのだろうが、それが、まず五割増しになるくらいのこれらの装具を身につけて歩いてきたのなら、あれだけの、怪獣がこちらに向かってくるほどの重量感のある足音になったところで何の不思議もなかった。もっとも、よくこれだけのものをとりつけて、平気で動いていられるものだった——細身の男なら、それこそ、これらの装具をすべて身につけたら重たくて立ち上がることも出来なかっただろうし、そこそこな体格の男であっても、これらを身につけて、なんとか歩くことは出来ても、ただのろのろと歩くだけが限度だったろうし、それさえも、ものの二十分《タルザン》とたたぬうちに、それぞれの体力にもよるけれども、へたへたとなって動けなくなってしまったに違いない。

もっとも、グイン自身は、べつだんこんな馬鹿げた格好をする気はさらさらなかったけれども、これだけの装具を身につけても動けなくなるとは思わなかった。が、これだけの装具のおかげで、ガンダルが、そこにぬっと立っているだけで、すでにグインよりも相当体格的には巨大に見えることも間違いなかった。

グインは、この宴席に呼び出される前に着せ付けられた、ゆったりとしたシルエットの黒い絹のクムふうの短い足通しと、それに腰をぴったりと巻く幅広の錦織のサッシュベルト、それにその上につけた革に宝石を打ち付けた飾り帯と、手首と足首にも揃いの革と宝石をあしらった帯をまき、そして肩には、肩当ての巨大なブローチでとめつけるようになっている、薄地のしなやかな絹の茶色のマント、というなりで、上半身は裸で胸を斜めに横切る平たい飾り紐がつけられているだけであった。そういういたって体形をあらわにするような軽装といっていいなりであったので、それだけ動き出した小山のように着込んでいるガンダルと比べたら、それこそ、グインの比類ない巨軀でさえ、ほっそりと小柄にさえ見えるのは当然であった。ガンダルの肩ときたら、おそらくその巨大な肩当てとその下の鎧とで、グインの倍もあるように見えた。

ガンダルは、おのれのその雄大な姿が人々にあたえる影響力と感動をいやというほどわきまえている、というように、なかなか入ってこようとしなかった。それから、やにわに、手にまだ持っていた、引きちぎって破ったびろうどの垂れ幕を、無造作にそのへんに投げ捨てた。

そして、小山は動き出した——ずしん、ずしん、という音とともに、全身を覆っているその巨大な装具につけられた、たくさんの鎖が揺れ、がちゃり、がちゃりとすごい音をたてた。巨大なブーツにも、前面のところには、飛びだした鋲にひっかけるようにして、何列もの細い鉄鎖が下までつけられていた。腰のところは一応、鎧の上から、幅のたいそう広い腰帯をまいていたが、その帯の中心の部分には、明らかに何か由緒のあるものとおぼしい、神像らしきものを浮き彫りにした非常に巨大な飾りがとりつけられていた。その周囲は銀と宝石とで飾りつけられ、その神像は青年のようで、片手に槍をもち、片手に剣を掲げ、頭の上に何か花冠のようなものをいただいているようであった。

人々は——タリク大公もむろん——圧倒された目つきで従順にこの《怪物》を見守っ

ていた。ガンダルは、だが、広間を埋め尽くした人々など、ちらとも目もくれようとはしなかった。のっしのっしと広間のなかに入ってきて、その巨体をさらにいっそうよく人々の目に見えるようにすると、怪物は、いきなり、吠えた――口のところが網で覆われているというのに、ずいぶんとすさまじい、しわがれているのに恐しく巨大な音声であった。

「俺が今度叩き潰す若僧はどこだ」

ガンダルは吠えた。

「豹頭王をまねて豹頭をぶっかぶっているとかいう、道化者の小僧は何処だ。クムの永世闘王ガンダルが会いにきたのだぞ。挨拶をしろ」

その声は、奇妙に濁ってつぶれてだみ声にきこえたが、それでいて、中に拡声器でも仕込んであるのではないかと思うくらい、おそろしく大きかった。それから、ガンダルは、ゆっくりと広間のなか全体を端から端まで眺めまわしにかかった――目をまっすぐ前にむければそこにいるグインをまるで目に入らぬかのように、右側から順々に、そこに居並ぶ人々を眺めまわしにかかったのである。

それはだが、明らかにすでにひとつの演出であった。ガンダルがグインの存在に、入ってくると同時に気付いているだろうということについては、グインはおのれの王国をかけてもいいくらいだった。だが、ガンダルはまったくグインが眼中に入らぬていを装った。そして、じろりじろりと一人一人、最前列にいるものたちを、その巨大なかぶりものに包まれた顔をむけて、そのかぶりものの窓からのぞいている、赤く血走った眼光するどい大きな目で、ゆっくりとねめまわしていった。

人々は震え上がりながらも、どこか嬉しそうであった。女官たち、宮女たち、この席に居並ぶことを許されていたそれほど多くない数の貴婦人たちは悲鳴をあげてとなりの殿方にすがりついたり、たがいどうし抱き合ったりした。男たちも、ガンダルの目線がまわってくるとあわてて目をふせたり、崇拝をこめてうっとりと見つめたり、となりとあわてて何か囁きあったりした。

ガンダルは、グインをよけてそのうしろのタイ・ソン伯爵とマリウス、伯爵のあまりぱっとしない——が、着飾るだけは充分すぎるほどに着飾った——娘たちと、そのまんなかにいるタリク大公、そのさらに左にひかえているエン・シアン宰相やとっくによく知っているはずのルーアンの重臣たちにもその射抜くような目線のサービスを送った。それから、こんどは左側の端までゆっくりとねめまわし、さて、そののちに、おもむろに、グインのところに目をとめようとし、その前に、リギアに気付いたようすを見せた。

「この女は誰だ」

ガンダルが聞いた。

「永世闘王ガンダル殿にお答えせよ！」

タイ・ソン伯爵が飛び上がって叫んだ。あわてて小姓のひとりが、女闘士リナと申す者でございます、と答えた。すると、ガンダルは、リギアに対する興味をすべて失ったように見えた。

そして、ガンダルは、いよいよ——という感じで、ゆるりと視線をグインに向けていった。グインは、実をいうとこの大仰きわまりない顔見せの儀式には、もうあまり興味を持っていなかったので、それに応えて火を噴くばかりの視線の激突をみせて人々を楽しませる、などという手間をかけようともせず、そのかわりに、(このガンダルの鎧かぶとと馬鹿げた装備は、全部あわせたらいったい何スコーンくらいになるのだろうな)ということをしきりと考えていた。何を云うにも、確かに、この装備を全部身につけたまま、こうして、ここまで歩いてこられる、平然と立っていられる、ということそのものが、ガンダルのとてつもない体力と膂力と筋力を示している、ということについては疑いをいれなかったのだ。

「……」

ガンダルは、グインを見た瞬間、微妙に、その覗き窓のなかからのぞく赤く燃える目を光らせた。

が、次の瞬間には、ガンダルはゆっくりとまたずしん、ずしんと前に出てきた。そして、グインから、五タッドばかりのところに立った。

「うわッ……」

思わず、客たちの口から呻くような声がもれた。

「おお……」

「お前か」

ガンダルが重々しく云った。

「お前が、タイスの道化者か。ちび」

グインは黙って立っていた。

グインがちび呼ばわりされようとは、まさしく、たとえ巨人族ラゴンの村にあろうとも想像もつかなかったことであったが、しかし、ラゴンの村にいっても、この装備のままならガンダルは疑いなくもっとも巨大には見えたことであろう。そのかわり、装備をすべて取り去ったときにはどうであるのかは、これはまったく請け合えたものではなかったが。

そうやって並んで立つと、確かにちび呼ばわりをされてもやむを得ないくらい、グインは、小柄にさえ見えた。ガンダルの――というかガンダルの装備の、胸までとはいわぬにせよ、かろうじて顎のあたりまでしか、グインの豹頭は届いていなかったし、しかもグインの頭は豹頭であるがゆえに、通常よりも広い肩幅の上に、通常よりもかなり小さめにひきしまった頭が乗っていたから、ごくごく小さく見えたのだ。腰も、肩幅がき

わめて広いためもあって、ごく細く引き締まって見える。余分な脂肪のついていないグインのみごとなやわらかい筋肉によろわれたからだは、ガンダルのその動き出した小山のような装備の前では、それこそ半分もないようにさえ見えた。

「タイ・ソン伯爵どのが、今度こそクムのガンダルを負かせるほどの闘士を手にいれたと、タイスじゅうでたいへんな評判だというから、いったいどのような偉丈夫が出てくるのかと思いのほか、俺が見出したのはこんなちっぽけな野良猫一匹か」

ガンダルがだみ声で云った。だが、その赤い目は、じっとグインの上に、まるではりついたようにとどまっていた。

そして、ガンダルの目が、ひそかに、グインの体軀や筋肉を精密に値踏みしていることを、グインは感じた。が、グインのほうからは、ガンダルのそのあまりにも頑丈に隠されているその下の本体をかいま見るすべさえもないのだ。

だが、グインはべつだん、いまそうやって敵を値踏みしなくてはかなわぬという思いもなかったので、どうせいざ闘技場に出てぶつかるとしたらこのばかばかしい装備は脱がぬわけにもゆかぬだろうと、おおように構えて、あまり気にもせずにガンダルの凝視にまかせていた。

（それとも、こやつ、闘技場でもこのばかばかしい格好を押し通すつもりなのかな。だったら、もっけの幸いというものだ。これだけの重量の荷物を背負った人間と戦うなど

といったら、これほど簡単なことはないくらいだろう）

グインのその落ち着き払ったトパーズ色の目と、ガンダルの、かぶりものの奥の赤く燃える目が、一瞬かちあった。

とたんに、ガンダルの目が、かっと燃えたように、人々――少なくとも、ガンダルの顔をそうやって正面から見ることの出来る場所にいたものたちには見えた。

「きさま」

ガンダルが、押し殺したような声をあげた。

「何様のつもりだ。俺は永世闘王クムのガンダルだぞ。この新米のちびの若僧め。俺の前に膝まづけ。俺に恐れ多くも剣をまじえさせてもらう光栄をわびて、うやうやしくひざまづくのだ」

「………」

グインは、どうしたものか、とたずねるようにタイス伯爵を見やった。

が、タイ・ソン伯爵は椅子から身をのりだして、水晶の片眼鏡を目におしつけたまま、もっとよく見ようと目を皿のようにしているばかりだった。タリク大公はぽかんと口をあいていた。あまり利口そうには見えないな、とひそかにグインは考えた。

それから、グインは、丁重に頭をさげた。

「御挨拶が遅くなった」

　グインは、目をまん丸くしているひとびとの前で云った。

「俺は旅芸人、モンゴールのグンドと申す者。ガンダルどのと剣をまじえさせていただく光栄に浴するのかどうかは、教えられておらぬ。もしもそのような光栄の機会を頂くことがあらば、この新米の身にはあまりにも余るというもの。ぜひにも、ご遠慮申し上げたい」

「……………」

　ガンダルが、何を云われているかよくわからぬように、グインをにらんだ。

「こら」

　いきなり、タイ・ソン伯爵がのびあがって叫んだ。

「何をいっている、グンド、この腰抜け野郎め。タイス伯爵に恥をかかせるつもりか。ガンダルどのをひと目みてひるんだとこういうつもりか」

「俺はただの一介の旅芸人」

　グインは云った。

「所詮、ガンダルどののほどの剣聖、英雄にかなおう筈とてもない。どうか、立ち合いはお許しいただきたい——このとおり、おおせのとおりにするゆえ」

　そして、グインは、すばやく、ガンダルのまえに膝をついて、低く頭を垂れた。

「何をしてる！　この、馬鹿者！」

タイ・ソン伯爵が口から泡をふかんばかりに興奮して叫び出した。

「このわしの体面をぶちこわしにするつもりか。この馬鹿者が、この腰抜け、このトートの矢折れ野郎が。立ち上がれ。ガンダルどのを威嚇するんだ」

どうやらそれがかれらの見たいと思っていた見世物であるらしかった。というか、おそらくは、こうして、闘王候補どうしが、重臣や賓客たちの前で、いわば口による前哨戦ともいうべきやりとりをするのが、しきたり——というほどのものではなくとも、クムの享楽的な武術愛好家たちの楽しみであったのだろう。

だが、グインはもうそれに乗る気もなかった。もう、正直の話、こんな茶番はたくさんだ、というような気分だったのだ。

「俺は、とうてい、このような偉大な闘士に立ち向かえるようなぶんざいではない」

グインはまだ膝をついたまま云った。

「俺はガンダルどのの対戦相手にはあまりにもふさわしくない。ずっとタイ・ソン伯爵閣下にそのようにお願いしていたのだが、どうしてもお聞き入れいただけなかったのだ。だが、いま、こうしてガンダルどのを拝見してますますその感が強まった。どうして、このような偉丈夫に、この俺が立ち向かえるわけがあろう。伯爵閣下、どうか何とぞ、俺をガンダルどのと戦わせることはご勘弁願いたい」

「なんだと。この——この馬鹿者……」

タイ・ソン伯爵は怒りのあまり、卒倒してしまいそうな顔色になった。

4

「なんと、タイス伯爵、今回のタイス伯爵の持ち駒は、たいそう気弱なのだな」

いっぽう、タリク大公は、少なくともこのひと幕を、タイ・ソン伯爵よりはずっと面白がっているようすだった。

「まあ、それも——もとは旅芸人で、本職の闘技士ではなかったのを、タイス伯爵どのがその素質を見出されたときいている。その経歴では無理もないかも知れぬが——しかし、まさかとは思うが、もしかして、そのほうは、このガンダルを見て、この偉大な体格がすべて本当のガンダルだと思っているわけではなかろうな。——だとしたら、それは世間知らずというものだぞ。確かにガンダルはこの世にありうべからざるほど素晴しい体格をもつ英雄豪傑ではあるが、むろん戦うときにはこの装備ははずす。そうだな、ガンダル」

「御意」

うっそりとガンダルが答えた。その間も、ガンダルの赤く燃える目は、実は異様な興味をひかれているかのようにグインの上からはなれない。それは明瞭な、《値踏み》の目であり、そして、明らかにその目の光は、この名高い老闘士が、おのれがいま口に出しているほど、グインを低く評価しているわけではない、ということを、おのずと明らかにしていた。

明らかに、ガンダルは、さすがにそこは老獪というべきか、グインの体格や筋肉などを、見積もりそこなうことはなかったのだ。その目は、じっとグインのたくましい肩やあらわになった、大胸筋のみごとに発達した胸、ひきしまった腰、そしてガンダルのような装備に何も覆われておらぬので、その縄のようによじれた筋肉のかたちがすべてあらわれている、肘と手首の細く引き締まった腕、などを検分していた。ガンダルが、本当は、グインを戦う相手としてかなり気にしていることはその目つきからしても明瞭であった。

「なぜ、俺がこのように厳重に武装しているのか、教えてやろう、ちびの若僧」

ガンダルが唸るように云った。

「俺は敵が多いのだ。いつなんどき、どこからどのように後ろから斬りかかられぬとも、上から頭を狙って石を落とされぬとも限らぬのだ。――だが、俺が、このように厳重に身をよろっているのは何も、その敵どもを恐れてのことではない。どうしてかわかるか」

「いや……」

「俺はもうこの上無益な殺生をしたくはない、と思うからだ。わかるか、若僧。斬りかかられれば、否でも応でも身を守るためにその相手を殺すことになる。俺とてもまだ生きていたいからな。だが、かつて殺したその相手の家族や息子が成長し、身を鍛えてまたしても俺をつけねらい、それがねらってくれれば俺が殺し、その遺族がまたしても――そのようになってどんどんどんどん、俺の殺さねばならぬ相手が増えてゆく。それがもう、面倒でたまらぬゆえ、俺はどのように斬りかかられても振り払えばすむよう、このように、外に出るとき、確実にだれもおらぬと確信できる場所のほかはつねにこのようにして、よろいかぶとに身をかため、すべての肌を隠しておるというわけだ。わかったか、若僧」

「……」

「俺はタリク大公閣下にお約束申し上げた」

ガンダルは吠えた。

「俺が健在でこの世にあるかぎり、俺は大公閣下の忠実なるしもべとして、ルーアンとタリク閣下に水神祭りの闘神冠の栄冠を永久にもたらしつづけると。だから今年もそうするつもりだ。きさまのようなちびの若僧と戦うのか。この俺も堕ちたものだ。なんとちっぽけな小僧ではないか。その豹頭をとってみろ。どのような気の利いた面が出てくるのか、見てやりたいものだ」

「生憎だが、魔道師にこのようにされてしまって、その魔道をとかなくてはとることがかなわぬ、もとの本来の顔に戻ることもかなわぬようなのだ」

グインは用心深く答えた。

「だが、とにかく、俺はとうていガンダルどののようなすごいお方の敵ではない。どうか対戦はお許し願いたい。クムのガンダルどのからも、お口添えを願えぬか。俺のようなちびの若僧と戦うのはガンダルともあろう英雄の名折れだと。それゆえ、もっと、ガンダルどのにふさわしい対戦相手を選んでいただきたいと」

「むろん、そうしてやろうとも」

ガンダルはうべなった。

「俺とても、そのようにして謙譲におののいている相手を無情に砂の上に切り倒し、その血を流させるのは本位とするところではないのでな。だが」

ガンダルの目がずるそうに細められた。

「お前は見たところ、たいそうみごとな——これまで、俺が見たこともないほどいい筋肉をしている。固い、こわばった筋肉ではなく、やわらかく、しなやかな、その体格とは思えぬほどのみごとな筋肉だ。いったい、どのようにしてそのからだを鍛えている？どうやって、その筋肉を維持している？　それを教えろ。そうしたら、俺からも情けをかけてやるよう、うえつかたに頼んでやらぬものでもないぞ」

「それは……」

グインは困惑して云った。

「そのようなことは、あまり考えたこともなかった」

「何を食っている。肉か。それとも素菜か」

「あまり考えたことがない。出てきたものを有難く頂いているのだが」

「そうなのか？」

ガンダルはまた目を細めた。

と思った瞬間、三たび、ガンダルのようすは変わった。

「よいとも」

ガンダルは吠えた。人々はびくっと飛び上がった——グインとのやりとりについ聞き耳をたてながら、ガンダルがしだいにごくまっとうに、あたりまえの口をききはじめたことで、少し安心しはじめていたのだ。ガンダルは、それを見てとって、少し人々を脅かしてやれと考えたようであった。

「ならば、お前が俺との対戦をおそれるというのならばそれはそれでいい。お前、俺の食事になれ。そうしたら、お前の面目は保たれようさ。なにせ、俺が食ったお前の肉は俺の一部となり、そして俺に今年も水神祭りの闘王の栄光をもたらす助けとなるのだからな。すなわち、お前も俺とともに栄光を手にいれることになる。どうだ、悪い話ではなかろう」

「ど、どういうことかよくわからないが」

グインはどもってみせた。

「ガンダルどのの食事というのは、それは」

「俺は豹の肉はまだ食ったことがない」

ガンダルが吠えるように笑った。

いまや、タリク大公も、タイ・ソン伯爵も、身を乗り出すようにして目をまんまるにしてこのやりとりに耳を傾けていた。人々は、もし万一、この場で何かことがおきるようなら、ただちに逃げ出せるよう、なかば中腰の構えであった。

「それほどしなやかな柔らかそうな、しかも強靭そうな筋肉をもつ闘士には、なかなか会えるものではない。俺はお前を食ってみたい。お前は口ではそのように言っているが、本当はなかなかの使い手だろう。そんなことは、ひと目、お前のようすを見ればこのガンダルにはわかる。——それにお前は、タイスの誇る四剣士、青のドーカス、赤のガドス、黒のゴン・ゾー、白のマーロールまでも総なめにして勝利を得てしまったというではないか。いずれもきゃつらは悪くない戦士たちだ。それを総なめにしたというからは——お前のいまいった臆病者のことばはただのずるいごまかしか、それとも作戦だ。俺はずるいやつも、策士も嫌いでな。だが、豹の肉はぜひともくらってみたいのだ」

「も、申し訳ないが、まだ体のどの部分の肉も差し上げるというわけにはゆかぬような
ので……」

「俺は、強い男の肉を食うのが好きだ」

ガンダルが妖しく笑った。

「むろん柔らかくて甘い赤ん坊の肉だの、とろけるような幼な子の肉だの、少年の噛みごたえのあるぷりぷりした肉を食うのもとても好きだがな。だが、強い男の肉というものには、闘士の魂が入っている。俺の信条は、その魂を取り入れることなのだ。だから決して、どれほど脂がのってうまそうに見えても女の肉は食わぬ。だから、安心しているがいい、そこの女」

いきなりガンダルの目が、リギアにむけられた。リギアはびくっとした。

「お前はたいそううまそうだし、食いでがありそうだが、俺は女は食わぬ。女の肉には、男を軟弱にする《女のもと》が入っているからな。それを体内にとりこめば男は女のようになよなよとしてしまう。だから俺はおんどりしか食わぬし、牡の牛、牡の羊、牡の豚しか食わぬ。――去勢牛は食わぬし、出来ることならば、牡になる前の幼い子牛や若鶏よりも、固い牡の肉がよい。だが、それはかりそめの食べ物、つまりは心をではなくからだを養うだけの餌にすぎぬ。本当の、俺のくらいたいものは――本当に俺の魂と心

と闘魂を養ってくれるもの、それは何かわかるか、女」

「……」

リギアはうろたえたふりをよそおって懸命に首をふってみせた。

ガンダルは目をグインに戻した。

「それは、すなわち、戦う強い男の肉だ。俺が倒した男の肉と血だ。俺がそれをどうやってくらうか、わかるか、豹頭」

「い、いや……」

「生でかぶりつくのだ。人間の肉は、生でくらわなくてはその霊力をからだにとりこむことが出来ぬ」

ガンダルは呵々とぶきみなこもった笑い声をあげた。

「血をすすり、生で肉をくらう。本当をいえば、倒したそのときに闘技場で、まだ血があたたかく、からだがぴくぴくと動いているときに、血のしたたる心臓をえぐりだして口にするのがもっとも効果的でよい。それが許されるときには俺はつねにそうしている。だが、そうすると俺はますます、人食い鬼のガンダルだの、クムの食人鬼だのとあしざまに云われ、俺のいのちをつけねらう者が増えるのでな。それで、やむをえず、死体処理人と話をつけて、冷たく固くなった死者のからだを譲り受ける。沢山はいらぬ――ほんの十分の一スコーンほどでよい。それで充分に、その闘士の霊力は取り込めるのだ」

「……」

広間は、しんとしずまりかえってしまった。

人々はなんとなく生唾を飲み込みながら、このぞっとするような話を聞いていた。それはクムの人々、ことにルーアンのものたちにとっては、決して耳新しくもない話でもあったのだろうが、それでも、何回きいても、おそらくその話には何か奇妙にひとの心を魅了する何かがあったのだ。それはきわめておぞましかったが、おそらくはそれがもっともクム人たちの頽廃的な心をとらえる要素だったのだろう。

「むろんそれは俺にとっては日頃の食事などとは比べ物にならぬ、神聖な儀式のようなものだ。ひとが、俺をクムの食人鬼と罵倒し、おそれ、非難していることくらい知っている。それが何だ。強くあることこそが、この世でもっとも正しいことだ。勇敢であるとは、たえずいのちをかけて戦っていられるとは、それほどなまやさしいことではないのだぞ、豹男。お前とても闘技士として戦ったことがあるならわかるはずだ。闘技士であることはとても恐しい。どんなすごい闘士でも闘技場に出てゆくときには足が震える」

「……」

グインは黙っていた。

ガンダルは、ゆっくりとまた、広間の人々全員をねめまわした。こんどは、まるで目があったらとって食われてしまう、というかのように、人々はあわてて目をふせた。

「それを克服するために、みなそれぞれの儀式が必要だ。なかには神に頼るものもいる。薬に頼るものもいる。性の快楽に溺れてごまかそうとするものもいる。みんな下らぬことだ。そのなかで俺は、何もせず、酒も飲まず出て行く前に女を犯しもせず、神にも頼らずにこうしてこの栄光を保ってきた。どうやってかわかるか。俺は、俺の斃した名だたる勇者どものその勇敢な魂をすべて、この体内にとりこんできたのだ。その血をすすり、その心臓をくらい、その肉を口にすることによってな。この俺のこの偉大な体は、そうやってこれまで俺の斃した勇士たち、素晴しい敵たちの肉によって作られてきたのだ——俺は俺であってすでに俺ではない。俺はこの世のすべての勇者の集大成なのだ！」

この宣言とともに、ガンダルは、ゆっくりと、ずいとまた動き出した。がちゃがちゃがちゃ、と鎖がにぎやかな音をたて、床がきしんでふるえた。

「だがまだ豹の男の肉を口にしたことはない。——出来るものなら、まことの豹頭の戦士、ケイロニアの豹頭王、この世で一番の勇士だとうわさも高いその異形の戦士の肉をくらってみたいものだと——豹の心臓を切り開き、その血を啜り、その血をこのからだに浴びたいものだとずっとひそかに願ってきた。だが、相手はケイロニアの支配者——運よくクムとケイロニアのあいだに戦端でも開かれ、俺が一騎打ちにでも指名されでもせぬかぎりはそのような好機はまず訪れはすまい。だが、お前でもよい――お前の筋肉は充分すぎるほどうまそうだ」

「だが、俺は勇者なんかではない」

グインは弱々しく聞こえるように声を小さくしながら抗議した。

「俺などの肉を食ったりしたら、おそらくガンダルどのの輝かしい経歴を傷つけてしまうことになる。臆病者の肉などは口にされたくもなかろう。こんな恐しい話はきいたこともない。俺はますます、ガンダルどのとは戦えぬ、と思うようになった」

「なら、おとなしく、俺に食われるがいいさ」

ガンダルがせせら笑った。

「俺はどちらにせよ、水神祭りのために生贄を必要としているからな。お前がどうあっても戦うのはイヤだと言い張るなら、おそらくタイ・ソン伯爵閣下がお前を俺に下されるだろう。お怒りのあまりな。そうすれば、お前を文字どおりどう料理しようとこの俺の自由ということになる」

「そんな、ばかな。こんなことが、この文明の御世に許されていいのか」

グインは抗議した。タイ・ソン伯爵は目を爛々と輝かせながらこの話をきいていた。明らかに、タイ・ソン伯爵にとっても、ガンダルの語るその食人と吸血のぶきみな物語は、タイスの頽廃しきった血をなにかひどく騒がせるものがあったのである。

「俺は戦うことはイヤなのだ」

弱々しげにグインは云った。

「だが、食われるのはもっとイヤだ。俺は平和を愛しているのだ」

「どんな平和だかな」

ガンダルが嘲笑った。

と思ったときだった。

ふいに、その巨軀に、それだけのよろいかぶとをごてごてとつけているとは思えぬ素早さで、ガンダルが動いた!

「あッ」

思わず、グインでさえ叫び声をもらすところであった。ガンダルの、分厚い籠手当てに包まれた太い猿臂がのびてきて、ぐいと、リギアの腰をかかえあげたのだ。

「きゃああ!」

思わず、さしものリギアも悲鳴をあげた。ガンダルは、無造作にリギアを両手でかかえあげた。

「この女はお前の仲間なのか。女をくらう気も、犯すつもりもないが、これがお前の仲間か、お前の女ならば、この女を引き裂けば、お前といえど怒って戦う気になるのか。そのからだを見ても、タイスの四剣士すべてをあっという間に負かせたという事実をきいても、お前がまことはたいした闘士でないというのは信じられん。この女の血を流せばお前はその気になるのかな。それとも、お前自身の身に危険が迫らなくてはお前は戦う気持にならぬのか。どうだ」

ガンダルはリギアを高々と差し上げた。決してリギアは女性としても小柄なほうでもないし、また女性としては相当に鍛えて筋肉質でもあるし、強くもあった。なにせ女闘王を争おうという女闘士であるのだ。だが、ガンダルの腕にかかえあげられると、リギアはまるで子供のように小さく見えた。

グインはリギアの悲鳴をききながら、じっとそのようすをするどく光るトパーズ色の目で見つめていた。

(こやつ――)

はじめて、グインの胸のなかに、冷たいものが忍び込んでいた。

(もっと――最初の登場のしかたをみて、もっと愚かな見かけ倒しの闘士かと思ってしまうところだった。――そんなものではない。この動き――さすがに、これまで二十年もの長きにわたって最高の闘王の栄冠を維持し続けてきた男だ。……これだけの重たい装備をつけているというのに、いまの動きは……)

(それに、これだけの重量にいましめられながら、リギアをこれだけ軽々と……すごい力だ、ということだ。異常なほどの筋力だ――もしかしたら、ラゴンの長ドードーにさえ、匹敵するかもしれぬ……）

（だとしたら……これは……本当の、はじめて俺の出会うような強敵かもしれぬ……）

「どうした、豹男」

ガンダルが、あざけるように云った。

「この女をここから床に叩きつけて頭をかち割ってやるか。それとも、この場で素手で引き裂いてやるか。素手というわけではないがな。それとも、この女はお前にはかかわりはないのか？　だったら、この女は放り捨てて、もっと直接に、お前のほうにとりかかることにするが」

「伯爵閣下」

グインは叫んだ。

「まだ、ここは闘技場でもなければ、水神祭りさえまだはじまってはおらぬ筈——このような無体を、お許しになるのは……」

「無体かもしれぬが、わしは止めぬぞ、グンド」

冷ややかにタイ・ソン伯爵が云った。

「お前はこのタイス伯爵に恥をかかせてくれたしな。その恥は、お前がガンダルどのにうち勝つか、少なくとも互角に近く戦えるところを見せることでしかもう雪《すす》がれぬ。その女は、ガンダルどのはお前がその気になりさえすれば、すぐにはなして下さるさ。どうする、グンド、ガンダルどのと戦うか、戦わぬか。あくまでも戦うのがイヤだと言い張るのなら、いいとも、お前には、もう用はない。ガンダルどののせつなる御希望をかなえて進ぜることにしよう。だが、そのためには、お前はまず死体になってガンダルどのの食膳に供されなくてはならぬわけだな。――ということは、お前を地下水路に落とすことは出来ぬということだ。水路に落としてしまえば、お前の死体はガンダルどのではなく、水路の魚や虫どものえじきになるのだからな。ではわしがお前をなんらか方法を考えて殺してからガンダルどのにお渡しするか、それともガンダルどのが御自分で殺して心臓を切り開いてその血を啜るか――どちらにせよ、お前はガンダルどのから逃げ回ることになるのだろう。だったら、闘技場で、万一を願いながらそうしたほうが利口というものだぞ。そうは思わぬのか、グンド」

「なんという国だ」

　思わずグインは叫んだ。多少は、本音だった。

「こんな無法なことが許されるなんて。俺は何も悪いことなど、しておらぬはずだ。ただ、俺は金をかせぎにタイスに連れてこられただけのはずだったのに」

「いまさら、うだうだ云うな。その頭を豹頭にしてひともうけしよう、などというこざかしいことを考えたお前が悪いのだ」

　タイ・ソン伯爵が叫んだ。

「よかろうとも、ガンダルどの。こやつが闘技場でガンダルどのと戦うことをあくまでがえんじぬというのだったら、地下の拷問室がこやつを待っているだけの話だ。それともガンダルどのがおんみずからこやつを肉になさりたいというのならば、それは闘技場に連れてゆく手間がはぶけるということかもしれぬ。だが、その女ははなしていただけぬか。その女を人質にとってもおそらくこの腰抜けは何も感じまいし――自分の愛人をうばわれてもなにもあらがえぬような男だからな。それにその女は、今年の水神祭りの、わがタイス小屋の女闘士の切り札なのだ。このグンドを自由にされるのはこうなればかまわぬが、そのリナははなしてやっていただきたいのだが」

「………」

ガンダルはなんとなく腹の虫がおさまらぬ、といったふうに、リギアを床に投げつけた。

リギアはあらがいようもなく、からだをもがいていたが、悲鳴をあげて、二タール半の高みから床に叩きつけられた。だが、リギアのからだが床に激突することはなかった。すかさず飛び込むなり、グインが、その強い腕にリギアを受け止めたのだ。リギアの重みでグインはよろめいたが、そのままささるようにして、リギアを無事に床におろした。

「す――すみ……すみません……」

リギアが喘いだ。

「後ろに下がっていろ、リナ」

グインが鋭く云った。

同時に、ガンダルが踏み込んできた！

グインはすでに予期していた。リギアをうしろに庇ったまま、ガンダルののばした手を払いのけようと腕をあげる。

とたんに、ガンダルの、革の手袋をはめた手が、がしっとグインの手首をつかんだ。

とっさに、グインは腕の筋肉を縄のように盛り上がらせて力をこめた。ガンダルがグインの手首をつかんで強引に引き寄せようとする。すごい力だった。

グインはその、おのれの手首をつかんでいるガンダルの手首を左手でつかんだ。グインの大きな手がまわりきらぬほどに太かったが、かまわずつかんでおのれの手首からひきはがそうとする。みるみる、ガンダルの手にもおそろしい力が加わった。

「おおッ！」

タリク大公が腰を浮かせて叫ぶのがきこえたが、もう、両人は、そのような《外野》の目など、気にすることさえ忘れてしまっていた。

（これは……）

グインはひそかに驚愕していた。

（これはまさに……これが、世界のガンダルというわけか……）

おのれのすさまじい力に対抗できる生身の人間がそうそう、ラゴン族以外にいようとは思っていなかったのだ。

だが、グインの手首は、グインほどに筋肉でしっかりと鎧われていなかったら、おそらくはつかまれた瞬間にぼきりと手首の骨がへし折られてしまうか、ひどいときには腕そのものが引き抜かれてさえしまいかねないほどの恐しい力でつかまれていた。グインがありったけの力をいれても、左手であることもあったし、ガンダルの手首がおそろしく分厚い手袋で守られていることもあって、その手をひきはがすことが出来なかった。

だが、ガンダルもまた、かぶりものの窓のなかで、その目に異様な驚愕の光を浮かべていた。

「きさま」

ガンダルの口から、低い、ほかのものには届かぬような呻きがもれた。

「きさま、なんという力だ。この——この嘘吐きめが！」

第二話　幽霊公子

1

「嘘など——ついてはおらぬ……」

グインは短いきれぎれの息を吐きながら抗議した。大声を出すと、呼吸が乱れ、そのすきにガンダルにつけいられてしまいそうな心配があった。

周囲のものたちは一様に声をのみ、しずまりかえってしまっている。固唾を呑んでこの二人の巨漢のさまを見つめたまま、成り行きや如何にと息をすることさえ忘れてしまっているかのようだ。

「はなしてくれ」

グインはなおも怯懦の仮面をかぶりつづけたものか、それとももう、このさいはそれをかなぐりすてるほかはないのかとひそかに迷いながらなおも弱々しく云った。だが、ガンダルの目は、もう、何ものにもだまされぬぞ、といいたげな真っ赤な光をうかべて、グインを見下ろしていた。

「この、嘘吐きめ」

痛切なつぶやきが、ガンダルの口から漏れた。が、それは、あまりにも低く、吐息のようにかすかだったので、グイン以外のものにきこえはしなかったかもしれぬ。

「きさま、何者だ。――この異常な膂力、この――このガンダルの力は世界一番だとかねがね云われている。俺自身もそう自負してやまぬ。そうなるべく、日夜鍛えに鍛え続けてもいる。――この年齢になって多少は衰えたとはいえ、まだまだ、そんじょそこいらのたかが一闘技士などには遅れをとることはない。――きさま、いま、どのくらいの力を出している。それが、きさまの力の何分目だ」

「何分目もなにも」

グインは短く答えた。

「この上の力など、さかさにしてひねり出そうとも、出はせぬ」

「何をいうか。この悪党が」

低くガンダルが囁いた。

と同時に、ぐいと、ガンダルは恐しい力をこめて、グインの手首を下にねじふせようとした。グインはあらがった。

「やめてくれ」

グインはタリク大公やタイ・ソン伯爵たちに聞こえるよう、少し声を大きくした。

「腕が折れる。手首が折れてしまう」

「きさま、なぜそのように本性を隠す。——下らぬ道化芝居に、余の者なら知らず、このガンダルが騙されるとでも思うのか。まだしらを切るというのなら——こうしてやるぞ」

囁くように呟くと同時に、ガンダルはぐいぐいとさらに指先に力をこめた。

グインはふいに腕の力を抜いた。そしてガンダルにねじふせられるままにからだごと下に沈めた。はたから見れば、ついにグインの力がガンダルの力に圧倒された、とも見えただろう。

「ああっ……」

はっきりとした、失望の呻きに似たものが、広間のなかに流れるのを、グインは聞いた。

（やはり、ガンダルには、かなわぬか……）

（それは当然だ、ガンダルは、なんといっても世界一の英雄なのだからな……）

（そうだ、クムのガンダルは世界随一の強者なのだ）

（だが、グンドもなかなかやるかと思ったが……）

「参った、参ったから、はなしてくれ」

グインはねじふせられたていによそおって、床に膝をつきながら云った。

「手首が痛い。折れそうだ」

「この、嘘吐きめ」

もうひとことだけ、痛烈にガンダルが云った。そして、ふいに、その手をはなした。

グインはとっさに飛びすさって、おのれの右手首をおさえた。力でねじふせられたわけではなかったが、手首にいたみさえ走るほどの剛力でつかまれていたのは本当だった。

「なんという、恐しい力だ」

グインはまた、声を大きくした。

「とても無理だ。俺にはとても」

「黙れ、グンド」

タイ・ソン伯爵が飛び上がって、キイキイ声で叫びながら、グインの胸にむかって指をつきつけた。

「もう、よいから下がれ。きさまがこのままここにいると、いっそうこのわしは赤っ恥をかかされてしまいそうだ。ええい、この臆病者めが」

「まあ、そのように云われたものではない、タイス伯爵」

おのれの持ち駒の圧倒的な優位を確認した、と信じたからだろう。

タリク大公は妙に愛想がよくなっていた。そののっぺりとした顔にも、かなり満足げな微笑が浮かび、大公はいかにも、おのれのもっとも自慢としている競走馬をでも眺めるような目つきで、巨大なガンダルを見上げた。

「そのグンドはべつだんおかしなことは何もあるまい。ただ、ガンダルが、凄すぎるというだけのことだ。だが、それはまたクムの平和にもつながっていると云わなくてはなるまい。なんといっても、ガンダルは、ガンダルなのだからな」

「それはそうにもございましょうが、しかし」

「それよりも、もう、時もしだいにうつろってきた。最前より、タイス伯爵がほのめかしておられたもうひとつの自慢――最近手に入れられた御寵愛の吟遊詩人の素晴しい歌をでも、聞きながらそろそろ食事をはじめてはいかが。僕もだんだん空腹になってきた」

「それは、グンドにとっては何よりもありがたき時の氏神でもございましょうが」

タイ・ソン伯爵はなおも、興奮がさめやらぬていにみえる。

「しかし、こやつめ、タイスの四剣士を総なめにしたときには、あれだけの勇猛無双ぶりを見せておきながら」

「まあまあ。彼はあるいは、勇猛ぶりは闘技場の砂の上でだけ見せるものだ、という信念を持っているのかもしれませんよ」

エン・シアン宰相が仲裁顔ににやにやと口を出した。

「それにガンダルはこのとおり完全装備だし、それに対してこの男は何も装備しておらぬ。まあ、まことの勝負は水神祭り闘技会の席上でというのを、われわれみなも楽しみにしておりますゆえ、ここではもはや、この怯えた男は用済みにしてやってはいかが」

「……」

タイ・ソン伯爵はすさまじい形相になって、歯がみをしてグインをにらみつけた。グインはなるべくしおらしく見えるように、まだ膝をついたままでいたのだ。

「ええい、目ざわりな奴め」

タイ・ソン伯爵は罵って、やにわに隣にひかえていた小姓の手から、小姓が捧げ持っていた銀杯をひったくるなり、中身ごと、グインに向かって投げつけた。だが、伯爵の椅子から、グインまではかなり距離があったので、銀杯はその途中の絨毯の上におち、真紅の酒のなかみをまき散らして、まわりのものたち、ことに洒落こんで精一杯の盛装に身をかためていた御婦人がたに悲鳴をあげさせた。

「さがりおろう。もう、わしがよいというまで目通りはかなわぬ。せいぜい、ガンダルどのの闘技前の御馳走にされぬことを祈って、せっせとどこかの穴のなかで体でも鍛えておくがいい」

「申し訳ございませぬ」

グインはいたって尋常におそれいってみせた。それから、立ち上がって、本当にこの広間から退散できるのをつくづくと待ち焦がれていたので、ほっとして、広間の出口にむかって歩きだそうとした。

その、刹那であった。

「シャアーッ!」

異様な気合いもろとも――

いきなり、巨大な小山が動いた。

ガンダルは、またしても、思いもかけぬ素早さでもって――とはいえ、それは《思いもかけぬ》という部分が相当な要因になっていたのであり、じっさいに目にもとまらぬ早さとまではとうてい云われなかったが――グインのあとを追い、出入り口のびろうどのカーテン――さきほど自分自身が引きちぎってしまったカーテンの両側に立っていた警護の騎士のいっぽうの手から、その騎士が手にしていた大きな斧つきの槍をひったくった。

と見たとき、いきなり、ガンダルは、その槍をふりかざし、斧の部分を、大きくふりかぶるなり、うしろからグインに斬りつけたのだ!

が、刹那、とっさにグインは横とびにとんだ。同時に、グインもまた、反対側の騎士の手から槍をひったくっていた。ガシャーン、とすさまじい音がした。ガンダルがふりおろした第二撃を、グインが、槍を両手にかまえて受け止めたのだ。

たちまち大変な騒ぎが巻きおこった。広間じゅうが怒号と悲鳴と狂乱とで一杯になった。悲鳴をあげて逃げだそうとする婦人たち、文官たち、おっとり刀で飛び出そうにもどうしていいかよくわからぬ武将たち、あわてふためく警護の騎士たち——みなが恐慌状態になった。さすがに近習たちと警護のものたちはあわてておのれの主君の前に殺到して、主君を守る人垣を作ったが、ガンダルもグインも、どちらもそのような方向になど、ひと目さえくれようともしなかった。

「オウーッ！」

ガンダルが、渾身の力を槍にこめた。

グインは両手でおのれの槍を真横一文字に頭の上に支えて、ガンダルの槍を受け止めていた。槍の穂先のどきどきするようなとぎすまされた斧が、あとものの二十タルスでグインの頭にふれそうなところまで、ふりおろされている。それを、グインは上体をそらし、両手をのばして、槍で受け止めていた。

何か叫びながらその二人めがけて殺到しようとした警護の騎士たちを、だが、いきなり、タリク大公が激しく首を横に振ってとめた。それをみて、タイ・ソン伯爵が低く（そのまま！）と叫んだので、警護の騎士たちは動きをとめた。

グインはいまや、あらわになった上体を真っ赤に染めて、ありったけの力をこめてその槍をささえていた。ガンダルはその《長身》にものをいわせて、上から力まかせに槍をそのまま押しおろそうとしていた。そのまま槍がおりてくれれば、グインのまるい豹頭はまっぷたつに真ん中からたち割られてしまうだろう。

ガンダルはもう一切言葉を発さぬ。その目が異様に燃え上がり、ガンダルは、ただじりじりとありったけの力をこれも槍に加えてゆく。

と見た瞬間、ガンダルはいきなり槍をひいた。

とたんにグインは槍を短めに持ち直して左手をあげ、右手をさげ、顔の前に斜めに槍をあげて、飛びすさってかまえた。またしても、そちら側に並んでいた客たちがキャーッと悲鳴をあげてそこから逃げ出してゆく。ガチャーンと、ものがたたき落とされて落ちて割れる音が響く。

「シャッ！」

ガンダルも、槍の柄をりゅうりゅうとしごき、取り直したかと見た刹那に、いきなりまた、今度は比較的短めのまま振りかぶって切り込んできた。だが今度は十二分にグインは予期していた。すばやく飛びすさり、槍をはずしてまわりこんだ。

とたんにガシャン、ガシャンと賑やかな音をたてながらガンダルがからだの向きをかえた。身軽ならばそのまま同様にグインを追って回り込んでいるのだろう。だが、この装備では、そうそう簡単に方向転換もならぬ。

「貴様――」

短いつぶれたような声がガンダルの、金網で隠されている口もとから洩れた。

だが、それきり何も云わず、こんどは槍の穂先を下げて右下にさげて構えた。グインはどこから槍がとんできても応じられるように、なおも、少しだけ槍の穂先をさげながら、両手でからだの前にかまえている。

「キャアーッ！」

緊張にたまりかねたかのように、貴婦人のだれかが金切り声をあげた。

だが、少なくとも男たちのほうは声も出せぬくらい緊張し、魅了されていた。そして、この二大巨人の対峙からいっときも目をはなそうとはしなかった。

ふいに、ガンダルが、がらりと槍を投げ出した。

なおもグインは腰をいくぶん落とし、どのようなふいうちにでも対応できるように構えたまま、槍を両手に斜めかげんに構えている。

その、グインのようすを、ガンダルはじろりと見た。

その、かぶりものにおおわれた口から、また低い声が漏れた。

「おおよそわかった。——もうよい。茶番は終わりだ。闘技場で会おうぞ。豹頭——豹頭の戦士グンド」

グインは目を細めた。

一瞬、ガンダルが、「豹頭王」と呼びかけるのか、というような奇妙な感じがしたのだ。だが、ガンダルは、そのままもう、あとも見ずに、なにものにも——おのれのあるじにも目もくれずに、またしても、ずしん、ずしんという巨大な足音を立てながら、もうまっしぐらに、最前きたとおりの道を逆に通って、出ていってしまった。ガンダルの巨大な、不吉なすがたが完全に見えなくなるまで、誰ひとり、口をきくものとてもなかった——まるで、ここで何かうかつなことでも云おうものなら、ガンダルが嵐の襲来さながらに駆け戻ってきて、大剣で云ったものの首と胴を一瞬で泣き別れにさせてしまうだろう、とでも恐れているかのようだった。

ようやく、ガンダルの姿が完全に視野から消え、そしてずしん、ずしんというあの特徴的な、それに金属の鎖のじゃらじゃらいう音がまざりあう足音も遠のいていって、すっかりガンダルがこの広間から退出してしまって戻ってこないようだ、と確信したとたんに、広間の人々はいわば爆発した。

「な、なんという……」

「あんなことが……」

「無法な——」

「ものすごい……」

「すさまじいものだ、あの……」

「うあああ……たまげた……」

「いっときはどうなることかと……」

「無事でよかった。無事で」

「いやいやいや寿命が縮まった!」

「大変な見物でありましたなあ……」

「それにしてもあのガンダルという男は……」

「いやいやグンドもなかなか……」

「しかしうっかりあの槍が……」

「いやまったく――」

広間を埋め尽くした人々はみな、てんでに、自分の云いたいことをありったけの声で絶叫していたので、まるで、天井の高いその広間はうわーんとすさまじい音を放って爆発しているかのようだった。みながみな――日頃は物静かにじっとご用にそなえているのが仕事の近習や小姓たちまでも、あまりの経験にどうあっても自分の思ったこと感じたことを叫び出さずにはおられぬ、というかのように、なんとかして自分の声をひとにきかせようと大声を張り上げていた。御婦人たちももちろんそうだったので、その喧噪のなかにはとてつもない甲高い金切り声も混ざっていたのである。

「あんなものは二度とは……」

「いや、大変なものだ……」

「あの二人がもしも死闘を……」
「いやいや、それがしは思うのだが……」
「いやあ、あの驚くべき……」
「どちらも怪我がなくてまずまず——」
「どっちが強いのかと言われたらそれはやはり……」
「いやいや、それはまだあまりにも早計……」
「しかしこれは水神祭りが楽しみで……」
「いやしかし、まさかにあのガンダルの王座がゆらぐなどということはあるまいかと……」

タリク大公も、タイ・ソン伯爵も、まるで支配者でもなんでもなくただのその興奮して大騒ぎしている群衆のひとりにしかすぎないかのように、やはり大声をあげて、なんとかしておのれの思ったことをひとにきかせようとしていた。

それをそっと尻目にかけて、グインはリギアをとりのこしたまま、そろりそろりと広間を目立たぬように退出してしまった。どちらにせよ、最前「下がれ」といわれていたのだし、それをガンダルの狼藉ではばまれたのにすぎないのだから、その前の退出の命令は何も取り消されていない、と勝手に解釈することにしたのである。正直、うしろからもうわーんと無数の蜂が唸っているような騒ぎが追いかけてくるような気がして、グインがようようほっとひと息ついたのは、真っ直ぐな長い廊下を抜けて、その謁見の間の一画を完全に抜け出したあとであった。

そこまできてから、グインは、あまりにも城内の構造がややこしくなっているので、自分はどうやって、自分の居住区域とさだめられたあの一画に戻ったらいいのか、かいもく見当がつかぬ、ということに気が付いた。だが、広間に戻って案内をこうというのは、このさい、さらにいっそう間も抜けておれば、またしてもタイ・ソン伯爵やタリク大公の注意を集めることになって、最悪のように思われた。

(まあ、そのうち、なんとかなるだろうさ。それに本当は、あのようなところにとじこめられたいわけでもない)

グインはそうひとりごちると、もうあまり、気にせぬことにして、そっとあまり人通りのなさそうな廊下を選んで入っていった。

幸いに、というべきか、タリク大公一行という大賓客を迎えて、紅鶴城はあげての大騒ぎになっていたようであった。いつもならばひっきりなしに往来している城内の使用人たちも、騎士たちも、小姓たちも、宮女たちも、ほとんど、ことにグインがすべりこんだ廊下のさきのほうには、いないようであった。みんなきっと、大公一行のもてなしのためにかりだされているとおぼしかった。

誰もいないところ――本当に誰もいないところに来られたのは、実にひさしぶりだ、ということに、グインは突然、その、しんとしずまりかえった廊下に忍び込んでから気が付いたのだった。それまで、あのユラ山地のはてしないかに思われる山々のなかを、どこまでも歩いていたときには、むしろ誰もおらぬことがあたりまえで、誰か人間にあったらぎくっとしただろうし、辺境のルードの森でも、ノスフェラスでも、むろんイシュトヴァーンの軍勢にとらわれたり、グールどもにとらわれたりしたときには大勢の人間——グールを人間と呼んでいいのかどうかは、いささかためらわれることであったにせよ——に取り囲まれはしたが、いったんそこから離脱しさえすればあたりはとにかく、まったくひとけというもののない静まりかえった大森林であり、どこまでもつづく砂漠であり、そしてはてしもない深い深い山のなかであった。

そのなかにあっては、グインはおのれの異形を気にしなくてはならぬこともなかったし、おのれの記憶喪失をさえ、それほど案ずることもなかった。おのれがどれほど、他の人間たち誰からもかけはなれた存在か、ということもそんなに気にかける必要もなかったし、ただ、ありのままにそうして存在しつづけ、歩いてい続ければよかった。

もしも、敵が出てきても、そのときに戦えばいいことであった。そして、戦うことについてはグインは何ひとつ悩んだこともなかったので、それは何の問題にもならなかったのだ。

（それが……）

マリウスと再会したのはそれほどの問題ではない、というよりも、いつかはどこかでひとと出会うことなしには、いつまでもそうやって無人の荒野、砂漠、辺境、深山をほっつき歩いて好き勝手に野獣のように生きていてもどうなるものでもない、ということはグインにもわかっていたから、マリウスはむしろ、グインを人里に連れ戻してくれるかすがいのようなものだった。そして、フロリーに出会い、スーティに会い、仮面の《風の騎士》アストリアスに出会い、そしてまたリギアに会って、しだいに人里に入ってきながら旅を続けてきたが、それも、また、信頼できる仲間たちと、そしてひっそりとしたミロク教徒の村や、素朴な田舎の人々とのあいだで、グインにとっては思っていたよりもずっと難儀なものではなかった。ものごとが難儀の度合いを増すようになったのは、ただひたすら、タイスに無理矢理連れてこられてからのことだ——と、グインはひそかにそう恨めしく思っていた。

(いつも、四六時中見張られ……秘密の伝声管だの、覗き窓だので様子を見守られて、うかつに口をきくことも出来ず——)

(しかも、誰をどう信用してよいかもわからず——ま、ドーカス・ドルエンだけは別かもしれぬが……)

(おまけに、戦いたくもないといっているのに強引に連れ出されて戦わされ、流したくもない血を流させられ……)

（しかも、こんどは、脱走すれば見つかって連れ戻され――タリク大公の一行までもやってきて……しかも……）

自分は、だいぶん、この展開のなりゆきにすっかり神経が疲れてしまっていたようだ、と、さしものグインも思った。そして、思わず、ちょっとひどい疲れを覚えたので、ちょうど誰もいないことでもあり、ほんのいっときだけ、ここで疲れをやすめようと、廊下の突き当たりの、びろうどのカーテンがかかっている、壁龕の下のところに座り込んでしまった。これからどうするかも、考えたかったのだ。正直いって、それは、ブランやフロリーや、リギアさえも、いないところでちょっと考えてみたくもあったのだった。むろんかれらは信頼する味方であり、ことにスイランが「カメロンの右腕ブランであること」が判明して以来、グインにとってはものごとはずっとやりやすくはなっていたが、それでも、この難局を切り抜けるについては、ひとり連れが増えてゆくたびに、切り抜けるのを困難にする要素がいくつかづつ増えてゆく、ということは疑いをいれなかった。それにとにかく、グインはべつだん決して人見知りするほうでもなければ、人間嫌いのほうでもなく、むしろけっこう人好きのほうではあったが、それでも、あまりにも大勢の人間に朝から晩までこづき回され、見張られ、やすむときも誰かと必ず一緒、という生活は気が疲れないわけではなかったのだ。

（ことに……目の前にそうしたものたちがいることは……冷静で機械的な判断を狂わせ

るものが出てきてしまうのは確かなことだ……その意味では、ここでこうして、誰もおらぬささやかな休息の時間が与えられたのは、ずいぶんと有難いことだ……）

グインはひそかに思いながら、この静寂と、そして無人の孤独とを味わった。マリウスのような、てんから人間好きのものがきいたら、それをずいぶんとへんくつだとか、いこじだとか云ったかもしれないが、グインは、人間が嫌いではなかったが、それでも無人の静寂はきわめて心休まるものだ、ということを認めないわけにはゆかなかった。ことにタイスの人々というのは——いや、タリク大公を見たかぎりではルーアンのものたちも同じようだったから、支配者層も、支配されるものたちも含めてクムという国の人々そのものが、グインにとっては、なかなかに落ち着かせてくれぬもののある、あまり相容れない人々であるのも確かなことだったのだ。

（それにしても——とうとう、水神祭りがほどもなくはじまる、というところまで、きてしまった——脱出することも、とうとう出来そうもない。ということは……これで祭りがはじまってしまえば、なんとかなるか、と期待するのも、いささか見込み薄ということだろうか……）

グインは、壁龕のかげに身をひそめたまま、おのずとその考えは、最大の関心事である、げんざいのこの困難な境遇からの脱出の方策へと落ちていった。

2

(このままだと、俺は……どうあっても、あのガンダルと戦わなくてはならぬことになるな……)

いまの難儀についてあれこれと考えることはあるが、そのなかでも、当然いまとなっては、もっとも気になってたまらぬのはそのことだ。

(困った……これはなかなか、まずいことになったものだ。といって、ここまできてしまうと——さきほどのようなひと幕のあとだと、もう、いま俺がタイスを首尾よく——しかも連れもみな連れて脱出する、というのは、相当に不可能なことのような気がしてきた……)

グインは膝をかかえこむようにしてじっと考えこんだ。

ここは、宮殿のなかのどのあたりであるのか、グインには、これだけこの城のなかで生活させられていても、さっぱりわからない。地下水路が迷路になっていて、またタイスの町そのものがわけのわからない構造になっていて、そこの生え抜きででもないかぎり、何回きても迷いそうになるのと同様、この城も、まるで故意にひとをまどわせるような、迷路じみた作りがしてあるようだ。それはタイスの代々の領主の趣味であるのか、それとも何かほかに理由があっての、政策的なものでもあるのか、と思う。

(しかし……ガンダルというのは……あの格好では、どんな顔をしているかはわからぬが、だが……)

ひとつだけ確かなことは、ガンダルが、決してあなどれぬ――どころか、相当に手強い闘技士である、ということだ。いや、さすがに、世界一の座を長年易々と保っている、と認めざるを得ないかもしれない。永世闘王の渾名はだてではない、ということを、いまのひと幕で、思い知らされたような格好だ。

(俺の手首をつかんだあの力も相当なものであったが――それにもまして……)

(あの、槍を奪い取って俺に斬りかかってきた身のさばきは……)

あれだけのとてつもない重たい装具をつけたまま、あれだけ敏捷に動けるというのは、大変な筋力である、と思わなくてはなるまい。

もしかして、あの装備は、かなりの部分、人目をひき、鬼面人を驚かすための見せかけ、はったりではないか、という疑いは、実は最初からグインのなかにはあった。何も、あんなにけたはずれのとほうもない装備をつけなくとも、身を守るため、とガンダルがいったような理由なのだったら、逆にもっと軽装でも、つぼをおさえた武装のほうがずっと役に立つだろう、と思われたからだ。

（あのよろいや肩当ては、見かけよりも軽いのではないのか？　たとえば、外側は鉄のように見えるが、うすい鉄を張り付けてあって、中にはそれこそ綿が詰め込んであるだけだ、というような……）

その疑惑は、グインは感じている。もしも本当にガンダルが身につけているあの装具が、ガンダルがそう見せかけているとおりの鉄や革をふんだんに使ったとてつもなく重たいものであったら、いくらなんでもあのように敏捷に打って懸かってきたりは出来ないはずだ、と思える。もうちょっとは、動きがぎこちなくなろうというものだ。たとえ、いかにあの鎧かぶとや装備をつけるのに、ガンダルが馴れていたとしても、である。

（それに、あの、いかにも大仰そうにずしん、ずしんと、怪獣でもあらわれるようにあらわれたときのたいぎそうな身のこなしと――あのあと俺に打ち懸かってきたときのかろやかな身ごなしが、全然違っていたからな……）

ということは、ガンダルは、常日頃から、ああいう装備で身をよろってはいるものの、その目的はガンダルが云ったとおりのものというより、むしろ《ガンダル伝説》を強化させるためではないのか、とも思えるし、また、もしかしたら、あまり顔やすがたを人前にさらしたくないのか、とも思われる。闘技場では確かにすべてをさらさなくてはならぬが、闘技場のまんなかは遠い。対戦相手はみなガンダルが殺してしまうのであれば、近くに寄って戦った相手には顔を覚えられるおそれもあまりないし、また客からはあまりにも小さくしか見えないので、輪郭はみえてもあまりガンダルの顔かたちなどは詳細にわからぬかもしれない。あとは、《闘神の道》をパレードするときにはまたあのかぶとのようなかぶりものをかぶってしまえばよいわけだ。

（顔を覚えられたくないわけがあるか——といって、すべて隠してしまうわけにもゆくまいが、あまりはっきりと顔を知られたくないのかな。保身のためか……これまで殺したものたちの復讐のためか。それとも何かよほど恐しい顔をしているか、何か俺のように——秘密があるかだ……）

だが、それにしても——とグインは思っていた。

（確かに、容易ならぬ身のこなしではあったし——それに、恐しい力だった。あの膂力だけでも充分に、この俺が恐れるに足りたし、それに加えてあの槍を奪い取った攻撃の敏捷さと確実さ、あの打撃、それにも感じたあの膂力——恐しい敵であることは、どうやら、疑いをいれぬようだ……）

ラゴンの長ドードーと戦った記憶はまだからだに生々しい。

だが、ドードーにはなかった何かがガンダルにはあるようだ。それがすなわち「剣技の基礎」や、「格闘技の秘術」といったものだろう。ドードーの戦いは力にまかせたものので、決してそんな、職業的な闘技士のように鍛えあげられたようなものではない。ひたすら、実戦のなかで鍛えられてきたものだ。

(確かに、あれならば何年も世界一の王座を維持することは出来るだろうな。——だが……どうだ、グイン……お前は奴を倒せるか?)

倒せぬ、とはまったく思わなかった。

ただ、どのようにして斃すのか、については、いまはまったく想像がつかない。

グインはいつも、作戦というものをあまりたてたことがなかった。どのように作戦をたてても、それに固執していて、相手がそのとおりに動いてくれなければそれまでのことだ、と思っている。また、さまざまな条件が、戦いのなかでは、個人と個人の戦いにせよ、集団と個人、集団と集団の戦いにせよ、刻一刻とうつりかわる。

そのなかで、なまじっか、予測をたて、作戦をたててしまうと、それに縛られ、本当の相手の動きが見えなくなる、と思っている。それゆえ、いますぐにでも、闘技場に出されてしまえば、グインは、ガンダルの動きを見、ありったけの経験と知識と直感をふりしぼって、その戦いぶりを判断し、勝機を探すことになるだろう。

(勝てぬとは思わぬ……が、確かに、これまでのようなわけにはゆかぬ)

青のドーカスのようなわけにも。

赤のガドスと黒のゴン・ゾーについては簡単すぎるくらいだったが、かなりグインを手こずらせた白のマーロールと比較しても、むろんあまりにもタイプが違いすぎるから無意味でもあるが、それにしても、やはり戦士としてのケタは相当に違っている、という感じがする。何よりも、あのほっそりと細身のマーロールなら、いったん何かのはずみにあの手だれの鞭をつかまれ、ひきよせられてしまったら、ガンダルのあの凄まじいまでの膂力からのがれるすべはまったくあるまい。

(あれは……驚いたものだ。この世に、俺以外に、あんな力の人間がいるとは思わなんだ……あれは、俺でも、かなり金剛力をふりしぼらぬと、ひきはがせなかったかもしれぬ……)

おのれが、まさに、信じがたいほどの、ほとんど無尽蔵といっていい力を秘めている、ということをずっと感じていただけに、その事実は、グインにとってもなかなかの衝撃だった。

(だがまあ……膂力のほうは、つかまれさえしなければなんとでもなるし――また、つかまってしまったところで、それはまあ、よほど体勢の悪い状態でつかまってしまったのでないかぎりは、俺は……なんとかするだろう。力でかなわぬ、ということはない――拮抗はするにしたところで、まったくあちらのほうがけたはずれに力が強い、ということではない。――だが……むしろ問題は……)

(問題は、あの剣技のほうだな。――今日は、槍で、そのほんの一端を見たにすぎなかったが……)

それでも充分すぎるほどに、ガンダルのもっている超人的な戦闘能力、剣技のすさまじさは予測がついた。

(あの、槍を奪いとったときの目にもとまらぬ素早さ——それに、あの打ち込み、あのステップ——あの格好でだ。いかにもし、あれが見かけ倒しのこけ脅かしのものだったとしても、しかしそれはそれなりの重さはあるだろうし、重さよりもむしろ、動きはかなり制限されていると思って間違いない。それであれだけのステップが出来る、あれだけすばやく切り返しが出来るのだ。——だったら、あれを——あの装備を取り去ったら、どうなる?)

あの筋肉が、制約なしでときはなたれ、得物も、本来のものではないであろう斧つきの長槍などではなく、本来のもっとも得手とする大平剣であったならば。

(…………ふ……)

ふいに、グインは、ぶるぶるっと身震いした。

恐れたのではなかった。——そのようになるおのれを、いささか、呪わしい、と思いはしたが、グインが感じたのは、激しい闘志——そして、これは認めざるを得ない、(やってみたい)という、疼くような好奇心と興味であった。

(俺ときゃつと……どちらが強いのだ。最終的に、闘技場の砂の上に、勝利して立っているのは、いったいどちらだ? クムのガンダルか、この——豹頭のグインか? それを知るためなら……一命を落とす危険をおかしたとしても……それはそれで……）

おのれの中に、このような好戦的——というのか、それとも、尚武のというべきか、燃えたぎるような血潮がひそんでいることなど、これまで、あまり、気付いてはいなかったのだ。

自分ではもっとずっと冷静で、決して熱くなることなく戦い、判断し、行動する人間だと思ってきたし、事実それゆえにこそ、イシュトヴァーンの行動などに、（血に飢えている……）という反発や、正直嫌悪感なども感じもしたのだった。あのおぞましい、ケス河のほとりの虐殺の風景はいまなお、グインの脳裏にまがまがしく焼き付いている。

おのれは、必要がなくば決して無益な人命は奪わない、というのを信条にして、余裕があらば怪我させるだけにとどめ、さらに余裕があらば峰打ちでしとめ、だがやむを得なければ、いたずらに苦しめることなく極力一刀のもとに仕留める、というのを貫いてきた。人を殺すことを楽しいと思ったこともなく、むしろ無用の血を流すことには嫌悪を感じる。戦いそのものに魅せられたり、魅入られたりするような、そういう部分はかけらもない、と思ってきたのだ。だからこそ、タイ・ソン伯爵にくりひろげてきたこっけいな臆病者の芝居も、それなりにグインにとっては、多少の現実感のあることばや考えかたでもあった。自分自身は必要とあらば、また味方を救うため、窮地を脱するためにはためらわず殺しもし、戦いもするが、だが《モンゴールのグンド》のいうことばは、グインにはよくわかる。戦いは嫌いだ、平和が好きだ、血を流すのなどまっぴらだ、と《グンド》が口にするのは、グインには、まったくのそらごととは感じられない。そうでなくば、そのようなことはそもそも、口にしようとも思いつかなかっただろうと思うのだ。

だが、いま——

それらすべての、これまでのおのれの本性だと信じてきたものをこえて、グインは、おのれの《血がたぎっている》ことを感じていた。

（やってみたい……）

おそらくそれは、「豹頭王グイン」の名をきくとき、また、誰を倒した、かれに勝った、というグンドの評判をきいたときに、《青のドーカス》たち、タイスの闘技士たちが感じたのと同じ身震いであり、武者震いであるのだろう。

それをして、戦闘的、血なまぐさい、とばかりはいうわけにはゆかぬかもしれぬ。それは、名誉欲でもあり、同時にまた、「強い敵を欲し、より強い敵を斃す試練をへておのれの力を確かめたい」武士の思いでもあったのだろうから。そして、いま目の前にあらわれたガンダルは、これまで何の苦もなく、いずれの場合にもまだ、十割どころか、おそらくは五、六割の力だけで勝ち抜いてきてしまったグインが、はじめて出会った、おのれの力を十割まで発揮しなくては仕留められないかもしれぬ強敵であるのではないか——と見えた。

（おかしなことだ。——急に、俺はあの……ガンダルの食人鬼ぶりだの、これまできかされたさまざまな妙な伝説だのが、どうでもよくなっている……それよりも、ガンダルの本当の力、あの闘技場の白砂の上でぶつかったときのまことの実力、武力、戦闘力について——このからだで、確かめたい、と思っている……）

まるでそれは、漁色家が手に入れがたい美女を前にして闘志を燃やすようなものであるのかもしれない——そのようにいったら、おそらくは、タイスのひとびとには一番理解されやすいだろう。

（俺は、ガンダルと闘ってみたいのだ……）

リギアたちにいかに顰蹙をかおうと、その思いは、いつわるわけにはゆかぬ。その思いはすでにグインのうちにある。

（だがまた……）

しかし、だからといって、すべてをそれに没入して、ほかのこと一切を忘れてしまうようなことはない。やはり、気になるものはなるし、困ることは困る。

（ガンダルを万一にも倒したりしたら……それはまあ……もう、何がどうあっても、俺がただものではないだろうということは、明らかになってしまうだろうな。また、ガンダルというのはクムの英雄だ。あれほどにあがめられ、長い時間第一の英雄として崇拝されてきたものを、いかに老いてきたとはいえ、あっさりと——にせよ死闘のはてにせよ、うち倒してしまったりしたら……これは、タイスの、だけではない。クム全体の国民たちが、黙ってはおらぬということになるのだろうな……）

（うううむ——だが、俺は、ガンダルにかわる、クムの英雄としてタイスにとどまっているわけにもゆかぬし、第一、タイスも——クムそのものも、いまひとつ虫が好かぬ、こういっては、クムのひとびとにはまことにもって失礼千万ながらな——俺はたぶん、やはりケイロニアの人間であるのだ。まだ、あまり、ケイロニアの空気とか、風習、人間についてはよくは思い出せぬが、ただ、ケイロニアのことを思うとなぜか、胸のなかにいつでも、モミの森の緑のにおいがひろがるようなさわやかな、そしてなんともいえぬほど恋しく慕わしい気持がしてくる……）

（そうだな。だが、ブランも……俺の思っていたとおりの男だった。おそらくは、そのブランを一の部下にしているというカメロン宰相も——それに、ドーカスも……ドーカスはタリアの出身だといっていた。それゆえ、おそらく、クムのほかの人々とは俺のなかで一線を画しているのかもしれぬ。……だが、まあ、そんなことはどうでもよい。——今は、つまり、もし万一俺がガンダルを倒したら、ということだ……）

倒されてしまったとしたらこれは論外というものだが、グインは、その場合のことは考えてもしかたがない、と思った。

（とにかく……俺は、たとえどれほどもうあからさまにわかるものにはわかってしまっていようと、見え透いていようと、さいごまで、道化た臆病者『モンゴールのグンド』の仮面をかぶりとおさぬわけにはゆかぬ。——どれほど見え透いていても、もう十人中九人までが確信していようとも、ここで、俺こそはケイロニアの豹頭王グインである、と名乗りをあげる、というわけにはゆかぬ。——そのようなことをしてしまえば、これまで以上にもっとさらにものごとはややこしくなってしまう——しかも、マリウスのことや、スーティのことや……ううむ……やはり、何がどうあれ、我々はただの旅芸人一座、ということにして、このタイスを脱出しなくてはいかんということなのだが……）

（ガンダルと戦って勝ってしまえば、おそらく、もっと脱出は大変になるだろう。さきほどは、なるようになるのではないか、と思ったが——ガンダルと会う前にはそう思ったが、いまはどういうわけか、また、そうは思えなくなっている。なるようになるのではなく、俺の力、俺の意志、俺の知恵でなんとかせぬと、大変なことになってしまうぞ、と思うようになっている……ガンダルが、そのくらい、俺にとってはなかなか等閑に付すべからざる存在だった、ということだろう。想像していたよりもずっと強敵らしい、と俺は感じているのかもしれぬ。だからこそ——逆に、『やってみたい』などという呪われた武芸者の血が燃えるのかもしれぬのだが……）

（困ったことだ。だが、俺とマリウスがここにとどまったまま、なんとかしてドーカスに頼むなりして、リギアとブランにフロリーとスーティを預け、脱出させる、というのも難しい……まず、ブランはカメロンの命令を受けて、スーティをゴーラに連れ帰ろうとするだろう。リギアにかたく言い含めておいて、フロリー親子をパロへ連れていってやってくれと頼んでも……リギアとブランでは……もし戦いにでもなったら、リギアではブランに対して勝ち目がない。それにリギアは正直……そこまで俺の頼みをきいてくれるだけのゆかりはない……リギアはパロの人間だ。俺とは基本的にはかかわりはない。むしろリギアはマリウスをこそ脱出させてパロに連れて戻りたいだろう。……マリウスのほうこそ大問題だ。マリウスがもし、タイ・ソン伯爵の枕席にはべったということがあからさまになれば――マリウスがもし万一パロの王太子とさだまり、さらにはパロの国王にでもなりでもするようになったらこれは……パロとクムのあいだで大変な問題がおきてしまうだろうし――パロも体面としても、どうあってもこれは、タイス伯爵を討たなくてはならなくなるかもしれぬ――と、そこまでパロの内証について、この俺がいまここで考えたところで、どうなるものでもないが……）

（それにしても、まずはこれだけみごとな八方ふさがりというのも珍しいかもしれんな。俺はどうしたらいいか……どうするべきなのだろうな。俺にとっては……どうするのが正しいのだろう……）

いつもこれまでは、迷うときには、グインはおのれの内なる声に耳をすませ、その声に従う、というのを信条にしてきたものだ。

だが、いまその声は、どこにいて、何を告げているのかもよくわからない。あまりにも、タイスの快楽と頽廃と血なまぐさい刺激好みの喧噪のなかに、まどわされてしまっているのかもしれぬが、それでも、こうして一人になって耳をすませば、何か声は聞こえてきそうなものだ。これまでは、必ずその《天の声》がどこかからともなく、天啓として訪れてくれるのだ、ということをグインは信じてやまなかったものだが――

(いまは……俺はどうしたらいいのか、珍しく、まったくわからぬところへきてしまったようだ……)

グインは、我知らずくちびるをかみしめた。

グインが、宴席を抜け出したことは、もうべつだんタイ・ソン伯爵たちは気に留めておらぬのか、それとも、誰かがグインをちゃんとしかるべくあの牢獄と化している一画に連れ戻したと信じているのだろうか。

だがそれも、あまり時間がかかれば、逆にこんどは「グンドはどこへいった」と、きびしい詮議がはじまるだろう。あまり長ければ、またしてもグインがこんどは単身タイスからの脱走をはかった、と思われてしまうかもしれぬ。

(フロリーとスーティと……それにブランもいる。あまり長くこうしてはおられぬ。誰か小姓でも探して、連れ戻ってもらわねばならぬのだが……）

一瞬、すべてをなげうって、ここから単身逃亡してしまったほうが、いっそ話が早いだろうか――そしてあとから、それこそパロかケイロニアの軍隊をでもひきいてことを解決に乗り込んだほうがいいのではあるまいか、と思ったのも、事実であった。が、その考えも一瞬で消えた。確かに、単身のほうが、おそらくはかなり逃亡はしやすいはずだ。人数が多くなればなるほど、人目にはたちやすくなる。たとえ、豹頭という、あまりにも目立つ要因をそなえているといっても、グインのさまざまな武技や体力や能力をもってすれば、単身で脱出するのが、もっとも簡単にタイスを脱出する方策であるのは疑いをいれない。だが、逆に、グインがそうして単身消えてしまえば、フロリーとスーティも、リギアとブランも、最終的にはマリウスも、人質にとられ、きびしい詮議をうけ、場合によっては拷問されたり、処刑されたりすることになるだろう。

（それは、そのままにしておいて、ケイロニアの軍隊を連れてくる、などという気持には――俺はなれんな）

グインはおのれ自身になんとなく苦笑したいような気分になった。

もしもそうできるようなら、こんなに苦労はしておらぬ、という気がしたのだ。何があっても、かれら全員――タイ・ソン伯爵の寵愛を受けてしまってことのほか脱出させるのが困難になりつつあるようすのマリウスをも連れて、無事になんとかタイスを脱出しなくてはならない。しかも、目の前には、「ガンダルとの戦い」——その前の、水神祭りの大闘技会、という、巨大な試練がひろがっている。

（ウーム……）

グインは、おのれの追いつめられかたに、いっそおかしくなった。

小さな笑いが洩れた。

（俺も、なかなか、とんだはめに陥ったものだ……）

人間、本当に困《こう》じ果てたときには、笑うしかないのだろうか、というように、グインが思わず、失笑したときだった。

（誰だ！）

いきなり——

グインは全身を痙攣するようにふるわせ、うずくまっていた、壁龕の下から飛びだしていた。

「誰だ！」

大声は出せぬ。だが、声を殺したまま、グインは叫んだ。

誰かが、笑っていた。

グインの自嘲にも似た笑いに、おのれの笑いをまで、くすぐられてひきだされたかのように、グインの声に和するようにしてはじまった笑いが、グインの笑いがとだえたあとに、ひとつだけのこって、くすくすと低くあやしく笑っている。

「誰だ！」

みたび――

グインは叫んだ。

「何処だ！」

「此処」

かすかないらえがした。同時に、笑い声が、ふっとやんだ。

3

「……」

グインは、息をひそめて、あたりの気配をうかがった。

そこは、誰もひとかげとてもない廊下であった。長い廊下の両側に、小さな部屋の扉がそれぞれに飾りつけられてずらりと並んでいる。その扉をいくつかづつへだてて壁に壁龕があり、その中にはさまざまな彫像や神像や、あるいはもっと小さいものにはただ燭台などがはめこまれている。この廊下に明るさを与えているのはその、燭台のろうそくのあかりだけだったので、廊下は全体としてかなり暗く、それにろうそくのあかりがどこからともなく入る風にゆらゆらと揺れるたびに、廊下にカーテンや神像の影がゆらゆらと揺れるのが、なんとなくひどく神秘的なぶきみな感じを与えている。

この長い廊下、いや、この紅鶴城じゅうのすべての廊下の燭台に、ひっきりなしに小姓たちがろうそくに火をつけてまわり、燃え尽きたころを見計らってまたしても火をつけにまわるのだろうか——と、突然グインはつまらぬことを考えた。

(それに、それだけたくさんのろうそくがそのままにされていたら、どれかが偶然倒れて火でも燃えついたら大変なことだな——ああ、それで、みなこのように、ちょっと深めの壁龕のなかにおさめられているのか……)

そんなことを、ぼんやりと考えている場合ではないはずだったのだが——

もう、笑い声はせぬ。だが、グインは、妙におそろしいほどにはっきりと、まざまざとした何かの《気配》を感じていた。

(誰かが……見ている……)

これほどに、はっきりとした《気配》を感じるのも珍しいほどだ。気配というより、《視線》といったほうがよかった。だが、廊下のすべての扉はぴたりととざされ、このあたりには誰も通りかからず、もう、遠いさきほどまでいたあの大広間の喧噪もここにはまったく伝わってこない。それゆえ、ここは、ぞっとするほどに静かだ。そして、誰もいない。

(見ているのは……誰だ……)

グインは、全身を耳にした。

全身の肌で、おのれに注がれている《視線》の主のありかを感じ取ろうとするように、逆に目をとじた。目をとじて、肌の感覚で、すべてを感じ取ろうとした。

ふっ、と——

また、何かが、ゆらいだ。

それはほんの微細な空気の変化のようにも、ただの思い過ごしの錯覚のようにさえも感じられたが、グインには、それで手掛りとしては充分であった。

（そこだ——！）

低く胸に叫びざま、グインは、いきなり、斜めむかいの室の扉に音もなく殺到した。そのまま、そっとその扉のノブをつかみ、細めにひらいた。

扉にはカギがかかっていなかった。それはふわりと無抵抗に開いた。グインはその室のなかにどのようなワナが待っていても対応できるよう全身の筋肉を油断なくひきしめ、そっとそのすきまからのぞいた。御前をはばかって、武装は許されていなかった。丸腰だったが、それほどの恐怖感はなかった。

（あの《視線》には——確かに、殺意や……強い敵意は感じはしなかった……）

感じたのはむしろ、好奇心と——そして、強くこちらに向かってくる何かの《気》だった。

それを何ともまだ、うまく言い表すことは出来ない。だが、なんとなく、《妖気》とか、《霊気》——それとも《冷気》とでもいったようなもの——

（必ずしも——全面的に信頼してはならぬようだが……だが少なくともいきなり切ってかかられるようなものだ、とは思えぬが……しかし……）

グインは、慎重に、室内の様子を眺めた。

室内はかなり薄暗かったが、廊下のなかよりは明るかった。まだ、夜にならぬゆえ、窓にカーテンがかかってはいても外からのあかりが入ってくるのだろう。そして、そのうすあかりに照らし出されているその室は、一見すると、無人なのか、と見えた。かなり豪奢な作りになっている室だ。婦人室なのか、と一瞬思うように、かなり手のこんだタペストリがずっと両側の壁全体にかけられ、それぞれに花の咲き乱れる庭園とか、広い湖にあそぶ船とか、そういった柄が織り出されているようだ。だが、そのタペストリはかなり古そうにも見える。

そしてつきあたり——グインからみて正面に見える壁だけが、タペストリがなく、かわりに黄ばんだレースのかなり厚地のカーテンがかかっていて、その向こうが窓になっているようだった。その手前、室の奥のほうに、瀟洒な低い大理石のテーブルと、その両側に椅子と低い足つき椅子、そして奥にはゆったりとしたディヴァンがある。それもみな美しい錦織で、ディヴァンの上には何かきれいなちょっと光る布のようなものと、何かの毛皮とが投げかけられている。

テーブルのまんなかには、大きなアラバスターの、複雑な彫刻をほどこしたつぼに、ぎっしりと花がいけられていたが、それは本当の花ではなく、どうやら色石をきざんで作った偽物の造花のようだった。

ほかにもこまごまとした小さな物置き小机だの、背のやや高い小さな花瓶机などがあり、それぞれにいろいろな美しい飾りものがおいてあった。奥のカーテンの上のほうには突きだした小さな屋根がとりつけられ、そこから、びろうどの厚地の深い紅のカーテンがもう一枚垂れ下がって、それはいまは両側に、ぎゅっとしぼりあげられて鈍金色の房飾りつきのひもでとめられていた。あと、手前のほうには斜めの小さな書き物机だのもあるようだ。

(誰も……いない)

グインは深く息を吸いこんだ。

だが、(ここだ)という思いは、ますます強まってゆく一方であった。なぜ、これほどに、確信できるのかわからない。だが、さきほど、おのれが廊下の床にうずくまっていたとき、ひそやかなあやしい笑い声をあげ、そしてその後にグインにふしぎな《視線》を注いでいることを感じさせた《なにものか》は、確かにここにいる、と、あまりにもまざまざと感じられるのを、とどめることも出来ない。

グインは一瞬、迷った。

それから、思い切って、勇気を奮い起こして、その室のなかに踏み込んだ。

その瞬間に、なんとなく、(あっ……)というかすかな驚愕のようなものが、グインにではなく、その室のほうに感じられるような気がした。室が驚愕する、というのもすでに奇妙というよりも、超自然的な感じであったが、だが、それもまた、そうとしか云いようがなかった。

（よく、入ってきたな……）

室の空気はかびくさく、いくぶんひんやりと淀んでいて、妙にまつわりつくように重たかった。その空気そのものが、そう、グインに囁いた――ような感じが、グインをとらえた。

（勇気のあるやつだ――褒めてやるぞ）

（だが、恐しくはないのか？）

（お前は、何も感じておらぬわけではない――むしろ人一倍、感じているではないか……）

（それでありながら、よく、入って――踏み込んできたな。……褒めてやろう……）

そのような――

あやしい囁きとも、くすくす笑いともつかぬものが、このひんやりとした、一見まったく無人に見える室の空気全体のなかから、ひびいてくるような気がしてならなかった。

グインは目を細めた。

恐しくない、といえば嘘になる。

恐しい、というより、だが、不気味さに首のうしろの短い豹の毛がさかだっている、というような気分ではあったが、しかし、さほど《危険》は感じなかった。室のなかに踏み込んでいっても、まだ、そのあやしい空気からは、《害意》は伝わってこなかったからだ。それに、もし何かそういう身の危険があったとしても、とりあえずは自分は必ず、おのれの身くらいはなんとか出来るだろう――そこで何も反撃するいとまもなく、あっという間にしてやられてしまったりということはないだろう、という確信が、グインにはあった。それは、あるいはおのれへのあまりにも強烈な自信であったかもしれぬ。

「誰か、いるのか――?」

グインは、誰もおらぬ空間にむかって、低く声を放った。

そして、ふいにはっと身をかたくした。奇妙な気配を感じていたが、ふいに、グインがまだ、入ってきたときのままに細くあけはなしてあった扉が、音もなくすうっともとどおりに閉まったのだ。

グインは、いそいでその扉に駈け寄ってノブをつかんだ。だが、こんどは、グインの口から短いうなり声が洩れた。その扉は、まるで最初からそうであったかのように、びくとも動かなかった。

グインは、この室のなかに、なにものか、超自然的な存在によって封じられてしまったのだ。

(はかられた……か?)

だが、まだ、グインは、恐慌には陥らなかった。

そうするかわりに、グインは、何回かその把手を引っ張ってみたが、何も甲斐がないとわかると、そこを無理矢理あけるのを諦め、そのかわりに、しんとひそやかにしずまりかえっている室の中央のほうにまたゆっくりと歩み寄っていった。

あちこち、ゆだんなく見回しながら、どこにもなにものもひそんでいないのを確かめつつ、室の奥の窓のほうへ歩いてゆく。首筋の毛はずっとちりちりと逆立っていたが、それでも、グインは落ち着いていた。

扉が使えず、もとの廊下に戻れぬのならば、そのまま窓から見えている中庭に出てしまえばよい、と判断したのだ。もしも、その中庭へ出る方法もとざされているのだったら、それはまさに怪異のしわざだ。それはそのときのことだ――と、とっさにグインは心を決めていた。

(どうせ、道に迷って、おのれの仲間たちのいる一画へは戻るに戻れなくなっていたのだし――それ以上に、どちらにせよこの城と、それが支配するタイスそのものから、どうあっても逃亡したいのだがと思い悩んでいたところなのだ)

どこにどのような、脱出への手がかりがひそんでいないものでもない――

そんな思いで、グインは、ゆっくりと室を横切って窓にむかっていったが、そのあいだじゅう、なんとなく、深い悪夢の真っ只中にでもさまよいこんでしまったかのような、ねっとりと空気がそれ自体の重たさと質感をもって自分にからみついてくるような、なんともいいようのない妖しさを感じ続けていた。見た目はごく平静にいつもどおりにただ歩いて無人の室を横切っているというだけの話なのだが、じっさいには、それ以上のたいへんなことをしているようなおかしな感覚さえあった。空気はしだいにどんどんよどんで重たさを増して来、それ自体がもっちりとよどんで、まるでねばりつく目にみえぬもちもちとした物質で空気が満たされてしまっているのを、かきわけながらなんとか歩いているかのような抵抗感を感じさせたのだ。それは、まさに悪夢の中そのもののような感覚だった。

（ああ……）

このような感覚も、決していまはじめて味わうわけではない――

ふっと、そんなかすかな思い――既視感に似たものがグインをとらえたが、グインは、しだいに重たくなる空気をかきわけながら、なんとかして窓にたどりつき、その窓のカーテンをひらき、必要とあらばその窓にはめこまれている水晶の一枚板らしいものを割ってでも、外に出てやろうと、しだいに必死であった。足が、ひと足づつにねっとりと下からからみつかれ、まといつかれ、床そのものがねっちょりとグインをひきとめようとかかっている――というような、そんな感じさえもしてならなくなっていたのだ。

（くそッ……）

呻きながら、ようやく室を横切り、椅子とテーブルとディヴァンのかたわらを通り抜け、グインは、目的の窓にたどりついた。手をのばし、ぐいっと黄ばんだ、いったいいつまた開かれたことがあるのかと思うようなカーテンを両側に押し開こうと手をかける。とたんに、グインは、叫び声をあげて手をはなした。

「ウワッ」

カーテンに、まるで電流でも走っているかのように、グインの手をびりびりっとしたいたみが走ったのだ。

(これは……)

グインは唸った。そしておそるおそる、またカーテンに手をのばした。

こんどは、さらに激しい、びりっと手を払いのけるようないたみがきた。もう間違いはなかった——それは、《触るな》という、警告のいたみにほかならなかった。きわめて激しいものだったり、グインを傷つけるようなおそれはないかわりに、そこから出てゆこうとすることを、はばんでいるようだ。

「くそ……この部屋は、いったい……」

グインはつぶやいた。

窓から出ることが出来ぬとあらば、もう一度、ドアを試してみたほうがいいのか。

それとも、ここまできたときに右側を見ると見つかった、タペストリのかげにひそむようにしてしつらえられていた小さな扉、それはおそらくは次の間へ続くものだ。そこを試してみるべきだろうか――そう迷いながら、ゆっくりとふりむいたときだった。

今度こそ、グインは低い押し殺された叫び声をあげた。

無人であることを確かめながら、一歩一歩何とかして進んできたその室のなかに――中央の、何もなかったはずのところに、目もあやだがかなり古びている絨毯の上に、突然、椅子がひとつ出現していた。

そして、その椅子の上に、あきらかにひと形をしたものが、座って、こちらを――グインを、じっと見つめて微笑んでいたのだ。

グインは、息をのんだ。

それは、思いもよらなかったものだった。

それはまだ、せいぜいいって十五、六歳だろうかと思われる、かなり――いや、とても美しい少年で――おかっぱに額の上で切りそろえ、さらに首のちょうど肩の線あたりで切りそろえた艶やかな黒髪をもち、そして繊細な細い顎と白鳥のような首の線、そして誘うような紅い濡れた唇と、そして大きな艶やかな夜の色の瞳をもつ、身分の高そうな童子であった。

その身にまとっている衣類からも、身分が高いことは疑いをいれなかった。身分が高くなかったとしても、ふんだんに金をかけて作った衣裳を身にまとわせてもらえる立場であった。少年がまとっているのはきわめて上等な、古びたクムの絹のチュニックと、えりもとを包んでいるのは名高いクムのレースの襟であった。波打つそのレースは胸もとをかざり、そして、膝の上でそろえられたほっそりした手の手首をもふんだんに飾っていた。

もとは真っ白い——だがおそらくは古いのでちょっと黄ばんできているそのチュニックと、レースも白かったが、そのえりもとの真ん中のところには、血のように真紅をした紅玉をあしらった、巨大な銀のかざりがとめられ、そのまんなかから、細い赤いリボンが何筋もむなもとに垂れているのが、なんとなく、差し貫かれた心臓が血の涙を流してでもいるかのようであった。額に、小さな銀の輪をはめているのがみえたが、その輪のまんなか、額の中央にも、同じ真紅の紅玉がきらめいていた。ちいさな耳たぶにも、まるで血のしずくをかためたかのようなごく小さな紅玉がひとつづつ、両側の耳にはまっていた。

下は、何をまとっているのかはわからなかった——少年は大きな、きわめてたっぷりとしているので、少年のほっそりしたすがたをすべてそのなかに隠してしまうほど大きな背もたれと太い腕木のついた椅子に腰をかけていたが、その下半身は、すっぽりとかけられた、毛布のようなものにすべて隠されてしまっていたからである。その毛布はとても長かったので、椅子の下半分をすべて隠してしまっており、それだけではなく、まるで、おかしな話だが、床のなかにまで没してしまっているかのように長く垂れ下がっていた。

むろんのことに、一瞬前にはそのような存在が、この室のなかにいなかった、ということは、グインはおのれの名誉をかけてもよかった。ということは、返答はただひとつであった——この少年は、怪異なのだ。

怪異ではあったが、それはしかし、かなり静かな怪異であった。その出現と同時に、室内には、霊気も、冷気もいやというほど漂ってはいたが、しかし何の殺気も、鬼気も、感じさせなかった。それゆえに、グインは、思わず驚愕の叫び声をあげてしまったあとは、そのまま、じっとその相手を見つめていた。

少年もまた、じっとグインを見つめかえしている。そのあやしい黒い瞳はアーモンド形にかたちよく切れ長にいくぶんつりあがっていて、まぎれもなくクムの純粋な血を示していたし、肌の色も、いくぶん黄色みがかったクムの絹を思わせた。だが、あまりにも血の気がないので、その肌はむしろ青ざめてさえ感じられた。

そのほっそりとした、膝の上でかさねられている手の細く華奢な指には、巨大な、こんなかぼそい手には巨大すぎて重たいのではないか、とさえ思われるほど巨大な複雑な紋様を刻みだした彫銀の指輪が嵌っていたが、そのなかにもまた、血の鮮紅色を固めてしずくにしたかのような紅玉がはまっていた。この少年は、白と、黒と、そして紅玉の

血のいろをしか、身にまとっておらぬかのようであった。

それがよしんば幽霊か、怪異か――魔物であるにしたところで、グインはいたずらに恐ろしがりはしなかった。グインが黙ってじっと少年を見つめていると、少年の目がゆっくりとまたたき、それから、その血のように紅いくちびるがうごいた。かすかな、長いこと声を出していなかったので出し方を忘れてしまった、とでもいうようなしわぶきに似た音が出たと思うと、少年はひそやかな声でいった。

「お前は、何者？」

「……………」

グインは目を細めた。

少年は、いくぶんもどかしげに、また目をまたたいた。幽霊にしては、あまりにも実在感がある、というような気も、グインはした。

「お前は何者だ？」

また、少年がいった。グインはためらった。

「そのように問うならば――」

ゆっくりと、グインは口をひらいた。

「まず、お前から名乗るがよい。ひとになにものかを問うときには、おのれから名乗るが普通だ」

本当は、この場合はグインのほうが侵入者にあたるのかもしれぬ。

だが、あえてそう云った。すると、少年は大きくまたたき、その黒いあやしい瞳にまたいくぶん、少しづつ現世に意識が戻ってでもくるかのような感じが戻ってきた。

「ぼくはタイス伯爵の公子ユーリ・タイ・リーというものだ。ここはぼくの城なのだから、本当はお前から名乗らなくてはならぬのだ。だが、ぼくのことを知らぬのなら、こうして名乗ったぞ。だから、今度はお前が名乗るがよい」

ひそやかな、少しも大きくもならず、動揺もせぬ風のようにすきとおるほそい声で、少年が云った。グインは目をまたさらに細めた。

「タイス伯爵の公子ユーリ——だと？」

グインは低く云った。

「げんざいのタイス伯爵には、むすめは二人いるが、公子がいる、というような話は聞いたことがないが。お前のいうタイス伯爵とは、当代のタイス伯爵タイ・ソンのことか」

「そのような者は知らない」

静かに、ユーリ公子——と名乗った少年は云った。

「ぼくの知るかぎりではタイス伯爵と名のつくものはぼくの父上タイ・リー・ロー伯爵のほかにはない。——そして、ぼくのほかには、父上には子はない。ぼくは父上のあとをついで、いずれ正当のタイス伯爵たるべき世継の公子だが、タイ・ソンなどという伯爵はきいたこともない。そのようなものが存在しているとすれば、それは、タイス伯爵を詐称している愚か者か、詐欺師にすぎぬ」

「なんだと……」

グインは仰天して、そのほっそりとまぼろしじみた、美しくあやしいすがたを見つめていた。

その豹頭のなかで、グインの脳は狂気のように回転して、このあやしい少年の口にした新事実について考えていた。いったい、それがまことのことであるのかどうか、もしそれがまことであるのだったら、げんざいのタイス伯爵タイ・ソンはまったくタイス伯爵とは偽りで、タイス伯爵を僭称している偽物なのだろうか。本当はタイス伯爵であるのはこの少年であり、この少年の父である、「まことのタイス伯爵」タイ・リー・ローという存在から、タイ・ソンがなんらかの陰謀をめぐらしてタイス伯爵の地位を奪い取ったというのだろうか。

だが、ふっと、グインの頭のなかに奇妙な考えが生まれた。

グインは、丁重にたずねた。

「タイス伯爵の世継の公子、ユーリどのにおたずねしたい」

「いいとも。何なりとたずねるがよい。おぬしはまだ、おのれがなにものであるか、名乗っておらぬが、何をたずねたいというのだ？　ぼくに答えられることならば、答えてやらぬではないが。なんといっても、お前はぼくにとっては、長い長い無聊《ぶりょう》を破る、ひさかたぶりに見た訪問者なのだから」

「突然にぶしつけな訪れかたをいたし、不調法のほどはひらにお詫び申し上げる」

さらに丁重にグインはいった。

「したが、ユーリ公子殿下。いまは、お父上、タイ・リー・ロー伯爵の御世といわれた。タイス伯爵タイ・リー・ロー伯爵がお仕えになっているクム大公は、そもそもどなたなるや？」

「これは、慮外なことを」

驚いたように——グインの無知にあきれ、いやしめるように、ユーリ公子の美しい細い眉がひそめられた。

「クム大公といえば、すなわちタリム・ヤン閣下にさだまっている。タイスはいうまでもなく、タリム・ヤン大公閣下よりタイス伯爵がお預かりする領地であり、したがってタイス伯爵もまた、タリム大公にしたがう家臣にすぎぬ」

「タリム・ヤン大公」

グインは狂気のように頭をはたらかせた。そして、またたずねた。

「タリム大公閣下には世継の公子はおいでか」

「いかにも。タリオ公子がすなわちそれだ。げんざいはもう立派に成人なされ、父君のかたわらにあって、人馬の采配の補佐にあたっておられる」

「タリオ公子……」

グインは息をのんだ。

マリウスから、旅のつれづれにもろもろきかされた話のなかには、「クムの三公子、ユラニア三公女の虐殺」の恐しい物語もあった。そして、グイン自身がからんだユラニア遠征の物語なども。——その話のなかで、グインは、「クムのタリオ大公の三人の公子、タルー、タル・サン、タリク」が大公の座をひそかに争ったことも、そしてその凄惨な虐殺とイシュトヴァーンのもろもろのかかわりにより、最終的にはかろうじて生き延びた末子のタリクが現在のクム大公となった、ということをきかされていたのだ。

（ということは……）

一瞬、こんどこそ、グインの首筋の毛はいっぺんにすべて天をめざしてさかだつかのようであった。

4

(では、この少年は……いまさきほど、俺が会ってきたタリク大公の父タリオが、それがまだ公子であったころの——すなわち、タリク大公の祖父の時代のタイス伯爵の……公子なのだ……)

(ということは、どう少なく見積もっても、この少年がこの年齢であったときは、いまよりも、三十年くらいは前だ、ということになる……)

(そのまま、この少年の《時》が止まっているのか。それとも……もしかして、俺は、その——何かのはずみで、『三十年前のタイス』にまぎれこんでしまっているのか……どちらだ……)

(あの扉はいったい、俺をどこに連れてきてしまったのだ?)

グインは、かなり迷いながら、それからもう一度、あらためて丁重に、ユーリ公子にむかって膝まづき、礼をした。

「御挨拶が遅れ、まことに申し訳ないことであった。それがしは、ケイロニアの豹頭…

……ケイロニアの豹頭の戦士グインと呼ばれるもの」

「ケイロニア」

驚いたように、ユーリ公子のはかない顔が動き、大きくアーモンド形の目が瞠られた。

「ケイロニアからきたのか、そちは。して、何故そのような不思議な頭のかぶりものをしている？　このタイスへは何しにきた？　なぜ、ぼくの室にことわりもなく入ってきたのだ？」

「この頭はかぶりものではなく、どうやら俺のもともと持っていたものであるらしいのだ。俺は――俺は、あるいは魔道によってこのような頭にされているのかもしれぬが、そのおのれの存在の謎をとこうとして長い、長い旅に出ているものだ」

グインが静かに答えた。

すると、ユーリ公子は感じ入ったように、大きくうなづき、そしてなおも目を瞠ってグインの豹頭を見つめた。

「このような存在がいようというのは、みたことも、きいたこともなかった。むろん想像したこともない」

風のように、ユーリ公子が云った。

「まことに、お前の外見はぼくの想像を絶している。――それに何といった？　お前はケイロニアの人間なのか。ケイロニアというのは北方の野蛮な国家としてむろん、ぼくもその存在は知っているが、長い歴史を誇るクムやパロとは比べるべくもない野蛮で粗野な国だという話をきいている。文化というようなものはない、タルーアンの蛮族や、あのあたりの北方民族の小国家が寄せ集まって作り上げられた、国家というよりも、小さな北方の蛮族の小国の集合体にすぎぬ、と。そのように、父上がいっておられたが、おそらくはそのような遠い北方なればこそ、お前のようなものも存在しているのかな。まことと世界とは広く不思議なものだな。だが、ぼくはそれを見ることができない。なぜなら、ぼくは、タイスを——いや、紅鶴城を出ることはないからだ」

「なぜ、公子は、この城をお出になることはないのだ？」

グインは同情的にきいた。なんとなく、グインは、最初の驚愕と畏怖が通り過ぎると、それほどもう、この相手に対して、超自然的な恐怖心などを感じなくなってきていた。むしろ、いまは、この公子にまつわる謎のときたさにグインは少しづつ気分が高揚していた。まるで、それに呼応するかのように、少しづつ、室内のあのねっとりと重たかった空気が、透明になりかけていっているのも感じられた。

「それは、僕が、生まれつき、両脚というものを持たぬ、歩くことの出来ぬ足萎えの公子だからだ。いや、萎えているというのではない。僕は生まれたときから、腰から下がほとんどなかった。母の胎内に置き忘れてきたのではないかといったものもいたが、祖先の所業のむごさにより、子孫の僕がこのようなむくいを受けたのだとささやくものもいた。だがどちらにせよ、僕は両脚というものを持っていない。だから、生まれてこのかた、歩いたことは一回もないのだ」

「なんと、それは気の毒な」

グインはまた驚いて相手を見つめた。すっぽりと毛布に覆われているかぎりでは、ユーリ公子の下半身がどうなっているかはまったくわからなかったが、どちらにせよ分厚い毛布がその足を包んでいるので、見ることは出来なかった。

「それでは、その椅子にずっとかけたまま公子は暮らしていられるのか」

「そうだ。そして、このしばらくはもうおとなうものもないまま、もう何年にもわたって忘れられていた」

静かに公子は云った。

「だから、世のうつろいがどのようになったのかも、僕は本当は知らぬ。――むしろお前にいろいろ教えてくれるように問いたいところだ、豹人。――お前は本当にひさしぶりに――何十年ぶりに僕を訪れた客人なのだよ。なんといったか――おお、そうだ。豹頭のグインとやら」

「何十年ぶりといわれる。だが、公子は……いま、何歳におなりなのだ？」

「さあ、もうまったく覚えてはいない。いつからか、僕はもう時を数えることをやめてしまった。以前はたまさか僕を訪れて、何ひとつ僕の様子がかわっておらぬことに絶望くし、呪詛のことばを投げつけて去ってゆかれることもあった父上も、いつしかにまった僕のことを忘れられて、ここにおいでになることもなくなった。この一画だけが僕にあたえられた世界だった。僕はここで暮らし、この椅子の上だけを全世界として生きて、そして死んだ。僕は、ずいぶん前に死んだのだと思う。きっとそうだろう。もう、長いこと、誰も僕に食事を運んでくれることもなくなったからね。だから、僕はやせ細り、だが自分では動くこともできぬままに飢えとかつえにくるしみ、自分自身の手を食って狂い――そして、その果てに死んだのだと思う。それからずっとこうしている。もう長い、長いあいだここにこうしている。そのあいだに、外の世界がどうなったのか、僕は知らないのだよ、豹頭のグイン」

「し、死んで――それからずっとそうして……」

さしものグインも言葉を失った。

やはり、この少年は、まごうかたなき幽霊であったのだ。そしてまた、この少年は、そのことばを信じるとすれば、そのような不幸な生まれつきであったがゆえに、この一画にとじこめられ、やがて父にも、宮殿のものたちにも忘れ去られてむざんな死をとげた、あわれな犠牲者であった。少年は、おのれが死んだことも知っている――そして、それから、ずっとここにこうしていた、という。グインは、いまでは首筋の毛だけではなく、全身の肌がちりちりと粟立つのを感じていた。だが、それでも、ふしぎと、おそれは感じなかった。むしろ、深いあわれみと同情と共感に似たものが、グィンのたくましい胸を浸していた。

「公子どのは、ここに閉ざされたまま、何歳で生涯を終えられたのだ？　それから、どれほどのあいだ、ここでこうして無聊をかこっておられた？」

「ぼくの肉体がそれを保ちつづけるかてを失って滅びたのは、ぼくが十七歳のときのことだと思う」

静かに少年は答えた。

「だがそのずっと前から、もうほとんど食事が与えられなくなっていたので、僕は、ほとんど成長出来なくなっていた。ぼくの肉体はむざんなありさまとなってミイラとなってほろびたが、気が付いたとき、ぼくはこの室にこうして存在していた。それ以来ずっとここにこうしている。この室にひとがやってきたのは、ぼくが死ぬずっと前から数えてさえひさしぶりのことだ。女官たちはおそらく父上か母上——それともその両方に命じられて、もうあの子はあのまま餓死させるように、ということで僕を訪れて面倒をみてくれることをしなくなったのだろう。つまり僕はていよく忘れ去られて《処分》されてしまった。そしてこの室はとざされ、この回廊の一画も閉鎖されたのだろう。この城にとってはべつだんなんら珍しいことではない。僕はここから動けないのだが、逆にいまのような存在となってからは、この城のなかを、このままの魂魄となって浮遊することも出来る。魂がここに地縛されていることから遊離したとき、とでもいうのかな。そういうとき、あちこちの室から、悲鳴や泣き声や哀願がきこえることがあるよ。その室で閉じこめられて忘れられたり――あるいはもっと簡単に地下水路に落とされて狂死したものたちの魂魄が、この城一杯に、一杯すぎるほどに漂っているからね。いずれこの城は快楽の都タイスがさいごをむかえるあかつきには滅ぼされてがれきにかえってゆくだろうが、そのときでなくては解き放たれることのないだろう不幸な死に方をして、呪詛にみちてここに地縛霊となっているものの仲間は、想像を絶する数、いるのではないかな。――だが、基本的には僕はここにいる。僕はここにしかいない――僕は、父上を恨んでも、母上を恨んでもいないからだ。だから、その気になればつねにこの城のなかをうろつきまわっていろいろと見聞きすることだって出来たのかもしれないが、僕はそんな、どこにいっても虐殺された死者たちの苦しみや恐怖で満ちているようなところをうろつきまわりたくはない。だから、僕はここにいる。そして、誰かがやってきてくれるのを待っている。――心配はいらない、豹人。僕はなにものも恨んでいないといっただろう？　僕はただ、無聊をかこっているだけだ。もう長い、長いあいだ無聊をかこっていただけだ。だから、しばしの話し相手にさえなってくれれば、それでよい」

グインは、さっきから、何か奇妙な――ひどく奇妙な感覚を覚えていた。

どくん、どくん、とおのれの腰の内側にもうひとつの心臓があって、それが脈打っている、というような感覚である。それは、これまではまったく感じたこともなかったのに、このあやしいユーリ公子が静かに、そして奇妙なくらい淡々と喋っているあいだに、しだいにその感覚がどんどんはっきりとし、そして切迫してゆくのが、ふしぎであった。それはまるでおのれの心臓がそちらに移動してしまって、勝手に脈打っているような感じでもあった。

「しばしの話し相手……それはかまわぬが……ユーリ公子、俺は実をいうと、非常な困難に直面しているのだ。それを……それを解決する手助けをしていただくわけにはゆかぬだろうか？」

思い切ってグインは云った。ユーリ公子は妖しい微笑を漂わせた。

「非常な困難。それはどのような」

「俺は、この城――紅鶴城から、いや、紅鶴城だけではない。このタイスから、出たいのだ。――俺だけでなく、俺の連れ、あと数人いる連れをもともなって、なんとか無事にこのタイスを逃れ出たいのだ。……公子は、この城から、この室から出たい、いずこかは知らぬ自由の天地に逃れたいとは思ってはおられなんだか？」

「むろん、思ったよ、豹頭のグイン。それどころか、長い、何ひとつかわることのない幽閉の日々のなかで、僕はそのことだけを考えていた。僕の誕生は、母にも父にもうとまれた。僕がこのようなからだであったからではない。僕は本来、生まれてきてはならぬ子供であったからだ。父は、僕の母が、不義をはたらき、その結果僕が出来たのだと生涯疑っていた。母はタイス一の美女という華やかな評判を得た人で、タイス伯爵妃マリン・ルアンといえば、クムじゅうに知らぬものとてもない美人だった。美の都タイスでの一番の美女といったら、それはもう、中原一番、世界一というのも同じことだ。それほどの美女であったので、もともとはさほどの身分でもなかった、むしろいやしい平民だった母を、父のタイ・リー・ロー伯爵が見初めて妻に迎えたとき、家臣、重臣たちの非常な反対を受けた。母は、隠すわけにもゆかぬ、ロイチョイの西の廓の売れっ子の娼妓だったからだ。だが父は母に夢中になり、そして母をすべての人々の反対を押しきって妻に迎え、売春婦であった女性をタイス伯爵妃とした。だが、母はすでにそのとき病気におかされていたのだろうというものもいる。僕のこのからだの異常は、その母の長年の職業ゆえの病気の結果だったのではないかと。そして、また、母は困ったことに、おのれのその職業をとても天職とこころえた——愛していた女性でさえあった。彼女はタイス伯爵妃となっても、淫奔さをおさえることが出来なかった。それゆえ父は嫉妬にたえず苦しまなくてはならなかった。母はもう、金銭でこそ身を売らなかったが、かわりにおのれを欲しがるものに対しては誰にもよらず、その豊満なからだを惜しみなく与えてしまった。だから、僕がみごもられたと知ったとき父は恐慌に陥った。なぜなら、母の美しさに夢中になって妻に迎えはしたものの、母が所詮娼婦でしかありえないと知ったときから、絶望した父は、もうすべての女性とのいとなみが出来なくなり、男の子としか愛の行為をしなくなっていたからだ。つまり、母のみごもった僕が、父の血をひいていないことは、父にだけはあまりにも明瞭だったのだ」

「ふむ……」

「でも、タイス伯爵には、どうあってもあとつぎが必要だった。それで、父は、僕を――みごもられた僕を、堕胎させることもできず、また、先に妊娠したと派手に宣伝してしまった母を地下の水牢に閉じこめるわけにもゆかず、結局、そのまま僕が生まれ、僕はタイス伯爵の世継の公子となった。だが、僕が歩けない体であることを、父は、公表したがらなかった。からだが弱いので、と言い訳をつけて、父は僕をこの紅鶴城の奥まった一画にとじこめ、誰にも僕を見せなかった。僕の面倒をみてくれる乳母と女官たちはごくごく限られたものたちだけであり、そして、僕が餓死してしまったあとは、僕の存在をタイスの歴史からかき消してしまうために、その乳母と女官たちは全員が地下の水牢に落とされてこれまた餓死させられたのだよ。まあ、タイスではべつだん――タイスの長い陰惨きわまりない歴史のなかでは、なんら珍しいことでもなかったのだが」

「むむ……」

「結局父のあとは誰がついだのだろう」

歌うように、ユーリ公子は云った。

「どうせ伯爵家はつがれなくてはならない。父は誰か親戚から養子を迎えたのだろうな。父の弟の息子たち、ラン、ソン、インの三人のなかから誰かを選んだか、それともまったく関係のない、クム大公の親戚から迎えたのか。おそらくおのれの甥を正式の息子ということにして養子に迎えたのだろうな」

「俺の知るかぎりでは、現在のタイス伯爵はタイ・ソンという。その話をきくかぎりでは、おそらくその甥のひとりがタイ・ソンといわれるようだが」

「そう、でも僕の知っているタイス伯爵は父上だけだし、父上の世継の公子はユーリ、この僕ただひとりだ。僕の時は、ここで永遠に止まっているのだからね」

妖しく歌うようにユーリ公子はいった。

「タイ・ソンなどというタイス伯爵は知らない。そんなものの存在は、許したくもないし、認めたくもない。僕はタイスで生まれたもっとも不幸な魂だったわけじゃない。だがまた、とても幸せな子供だったわけでもなかった。そして、そうやって死んでからも、ここにとどまり、紅鶴城の瘴気を形成しているものたちなど、ここにも——すべての地下水路の水牢のなかにも、いくらでもいるよ、豹頭のグイン。ぼくのこのからだとても、じっさいには、最終的には、ちゃんととむらわれたのではなく、水牢のなかに投げ込まれてそこで水に住む虫どもや、またぶきみな魚、そして白いワニ、ガヴィーどもに食われてはてたのだから。それは、僕の魂がやすらうわけはない。水牢のなかには、決して魂のやすらわぬ死者たちが、たくさん、たくさん――数えきれぬほどたくさん、おのれの運命を嘆きながら、じっといつの日かこのタイスが崩れ落ちるのを待っているのだよ、豹頭のグイン。ふ、ふ、ふ、ふ」

「ううーむ……」

グインは唸った。

ずっと、全身のひそやかに粟立つ感じは、グインを去らないままであったが、しかし、同時に、腰のところで、とくん、とくんと膨れあがって打ち続ける『もうひとつの心臓』の存在もまた、さらに明らかになっていた。それが、なんらか、この怪異とかかわりがあることも、グインにはうすうす感じられていた。

「お前はここから出たいといったね。それは、だが、気の毒だが、諦めてもらうほかはない」

妖しく、ユーリ公子が云った。

「なんだと」

「そのようにけしきばんだところでしかたがないよ。僕もまた、ここから出ることを望みながら、そのことの本当の意味さえ知らぬままにこの室のなかで生き、苦しみ、死んでいった、永遠の虜囚だった。なんと多くのものたちが、永遠にタイスの虜囚であることだろう！　なかには、ここで閉じこめられて虜囚になったわけでもないのに、この都の与えるおぞましい快楽と恐怖、そして他の場所では許されぬおそろしい秘密の淫楽に魅せられて結局この都の虜囚とみずからなっていったものもいる。また、だが、逃げたいのに逃げることもかなわず、一生をここで苦しみもがき、恐怖にふるえながら終わったものも——たいていその一生は短かったのだが——大勢いる。タイスからは、決して出ることが出来ないのだよ、豹頭の男。タイスのおきてにもさだめられているようにね。ひとたびタイスに入るもの、二度とふたたび出ることとなし、と」

「だが、俺はここに足止めされるわけにはゆかぬ」

グインは思わず、大きな声になりかけるおのれをとどめた。

「俺はこの都の生まれでもなければ、この都の住人でもない。またこの都そのものをやはり好かぬ。タイスの支配者の家柄の公子にむかってこのようなことを云うのは申し訳ないが、俺はタイス、いやタイスだけではない。クムそのもののこの享楽主義的な土壌がどうにも肌合いにあわぬ。俺はやはり北の、ケイロニアの人間だ。そしてまた、俺は尚武といっても、快楽のために、名誉のために戦うタイスの尚武とも肌があわぬ。俺が戦うとすれば、それはただ、正義をおこなうため、生きのびるため、愛する者を助けるため、そのいずれかだけの理由にすぎぬ。だからこそ、俺はいたずらにひとの血を流し、それにひとが金をかける闘技などというものは認めるわけにゆかぬ。戦ってみたいと思いはせぬわけではない——あれほどの強敵とあらば、おのれの力が通じるのかどうかと、いささか興味を感じぬわけではない。だが、それだけにいっそう、俺は――」

「お前が何について話しているのかはわからないけど、そんなことは僕にはかかわりはないし、興味もない、豹頭のグイン」

いささか冷ややかに、ユーリ公子は答えた。

「そんなことより、お前は僕の話をききたいのだろう。だから、僕が話しをしてあげているのだよ、豹頭のグイン。タイスからは、出られないよ、ということを――いまだかつて、タイスから逃げ出したものなどは、快楽奴隷にも、またタイスの貴族たちにも、いたためしはないのだ、ということを。――タイスに生まれたものはタイスにかえる。ひとたびタイスの水を飲んだものはタイスに帰る。つまり、タイスで生まれたものも、タイスを訪れたものも、いったんタイスを知ってしまったものは決してタイスから出てゆくことはない」

「俺はそうしているわけにはゆかぬのだ！」

思わずも、またグインの声は大きくなった。この声を誰かがききつけてドアをあけるとしても、それはそれでもう少しもかまわぬ、という思いにもなっていたのだ。それに、むしろそのほうが、この妖しい、幽霊公子の呪縛から逃れられるのではないか、という思いもあった。

「俺は、このようなみだらな頽廃の都にとどまって時をいたずらに費やしているわけにはゆかぬ！　俺の帰りを一日千秋と待っていてくれるものたちがはるか北方の国にいる。そして俺は――そして俺は一刻も早くおのれ自身を見出して、そこに帰ってゆかねばならぬ。そのためにまず、パロにゆかねばならぬ――そしてまた、いまとなっては我が子のようにいとしい幼な子を、安全に育てるように――パロの女王に預けるか、いっそ俺が我が子としてケイロニアに連れて帰るか……このようにいとしいと思うこともまたおそらくはヤーンのひとつの絆だろう。そうであれば、俺は、ともかく一刻も早くこのタイスを出て……」

「タイスから出てゆけるものなんか、いないのだよ、グイン。ことに、生身のままでは」

ふふふふ――

あの、さきほどの、あざけるような、かろやかな、それでいてどこかひそかに意地悪いひびきもはらんだくすくす笑いが、ユーリ公子の血のように紅い唇から洩れた。

「まだ、わからないのか？　もう、諦めるしかないということが。もう、お前は、ここで生きて――そしてここで死んでゆくしかないのだ。お前は闘技士なのか。だったら闘技場の砂を血でそめて、そして死体が地下水路に投げ込まれたときに、本当にはじめてお前は解放を得るのだろう。お前も、お前の連れたちも、決してこのタイスから生きて出てゆくことは出来ないよ。そのようなことが出来るわけはない。だって、僕だって十七歳でこの豪華な、いたずらに豪華な城の一室でとじこめられたまま、飢えておのれの手をかじるほどに悲惨な死をとげた。そしてそのまま無念は残り、苦しみと苦悶の呻きは残ってこうして僕はずっとここにいる。僕の飢えも、僕の苦しみも、僕の無念も決してあがなわれることはない。同様にたくさんの、快楽のために殺されていった娼婦たち、男娼たち、寵童たち、幼い子供たち、闘技士たちの《おもい》もまた。その味あわなくてはならなかった恐怖と苦痛と嫌悪と無念もまた。タイスは――ねえ、豹頭のグイン、タイスは美と快楽の都であると同時に、怨念と呪詛の都でもあるのだよ。――なぜなら、美と快楽と豪奢とは、すなわち、怨と流血と拷問と苦痛の上に築かれているのだから。タイスに限らない。クム全体がひたすら快楽と淫楽だけをよしとし、それを求めて長い歴史を刻んできた。ここはそのようなところなのだよ、豹頭のグイン――なぜ、ここから出て行こうなどと思うのだ？　ここからは決して出てゆかれないのだよ。まして、この室からは、もう二度と……ここにまぎれこんでくるものはめったにない。だから、僕にとっては、話し相手を得ることなど、それこそ何十年に一回もないような素晴しい気なぐさみだ。もう、放さないよ、グイン――お前は、これからの一生、ずっと僕とともに過ごそう。そして、お前が飢えて死ぬまでには……お前はたくましいから、ずいぶんとそれまでには時間がかかるのだろうけれど、大丈夫、ずっと僕が話しをしていてあげるから。もちろん話だけじゃあない……僕の生きているあいだにはとうとう知ることのなかった淫楽をしぼりとらせてもらってもいい。死んでから、僕はさまざまな淫魔にいろいろなことを、僕が知らなかったことどもについて教えてもらったし――ねえ、豹頭のグイン。お前はこれから死ぬまで、そして死んでからも永久に、この室で僕と過ごすのだよ。素晴しいと思わないか？」

第三話　大冒険

1

グインは、用心深く、そっと足もとの位置をかえながら、なおも、妖魅から目をはなさずにいた。

「おのれは……」

「ふざけたことを抜かすな。俺は、行きたいときに、行きたいところにゆく。決して、たとえタイスの呪いがどうあれ、タイスがどのような都であれ、そこにひきとめられたりはせぬ。まして、妖魅とともに永劫にとどまるなど、とんでもないわ」

「いまは、そのように云っていても、豹頭のグイン」

あやしく、幽霊公子ユーリのほほえみが、アルカイックな半月形に両側につりあがった。

「そのうちにきっとお前にもわかるときがくる。——タイスから出てゆくことは出来ぬ。

そして、それはお前が生きていようと、死んでいようと、同じことなのだ。ひとたびタイスに入ったものは、決して――」

「もう、たくさんだ」

荒々しく、鼻息を吹いて、グインは云った。

「もうお前のその狂気じみたごたくは沢山だ。俺は出てゆく。ここでお前のそのような話をきいているほど、俺はいま現在暇ではないのだ」

それをきくと、公子は笑い出した。

妖しい、奇怪な風が吹き通ってゆくような笑い声が、室のあちこちに反響し、そして、どんどんそれ自体増殖していって、あちらからも、こちらからも、くすくす笑う声がひびきはじめるように思われた。それはひどくぶきみな、そして奇妙な悪意にみちた笑いだった。

「ばかだねえ!」

むしろ奇妙な、ゆがんだいとおしさに似たものをさえこめて、幽霊公子ユーリ・タイ・リーは囁いた。そのつりあがった杏仁形の黒いあやしい瞳が、名状しがたい悪意をこめてきらめいた。

「本当にお前は馬鹿なのだな! ひとたび、ここに入ってきていながら、たやすく出てゆけると思うとは。さあ、ここにおいで、豹の男、そして、僕を抱き上げて、奥のディヴァンに運んでくれるがいい。そうして、僕とともによこたわって、この長い長い、そのはてを知らぬ永劫の午後のなかにあって、ともに尽きることのないくりごとのよもやま話をしようではないか。それとも、まずは、そのたくましい腕に僕を抱きしめて、みだらな愛を交わすか？　それもよい。そののちに、尽きることのないくりごとをはじめることにしてもいい。どちらにしても、僕たちふたりにとって、時は永劫をはるかにこえるほどに潤沢にある——いや、無尽蔵にあるのだから。そうして、僕の無聊をはじめてわかちあう相手が出来たからには、僕は何があろうともう決してお前をはなしはしない！　そうとも、豹の男……僕は、ずっと夢見ていたもの、すなわち、ただひとりの、ともに生きる伴侶としてお前を選んであげよう。お前は、僕にそのいのちをゆだね、僕はお前に永劫をゆだねる。——そうやって、僕たちは、ともに無限の永劫を生きてゆくのだよ。いや、正確にいうのなら、それは生きてゆく、というのではない……それは、無限の永劫のなかで、生きているのでもなく、といって死に絶えてすっかり平和に成仏しおおせたわけでもなく、いわば永遠に宙づりになっているようなさらしものの状態なのだ。そのままで、僕は長い長いあいだ、ここでこうして時のたつのを待ち焦がれていなくてはならぬと思っていた——僕の時はとまっている。だから、いかに時が流れても、僕の時が終わることはない。ただ、ひたすら僕の待っていたのは——それは、お前だよ、グイン。豹頭の男よ、お前なのだよ……ふふふふ——ふ、ふふふ……」

「やかましい！」

ついに、耐えきれず、グィンは爆発した。

「おのれのいうことなど、もうこの上聞いてはおられぬ。俺は出てゆく——何があろうと力づくでもここから出てゆく。そこをどけ——いや。どかずともよい。俺が動く」

叫ぶなり、グィンは窓側に出るのをあきらめ、もとの扉にむかって殺到しようとした。

（う……）

が、たちまち、はっとなって足をとめた。

（なんだ。この、からだの重たさは……）

（くそ。これもこの妖魅めの妖術か……）

さっき、この室にうかうかと入ってきてしまったときに、扉が閉まってしまったことを知り、窓に向かって歩きだしたときにも、このような、異様に空気そのものがねっとりとなってからみつき、まといついてくるような異変の気配を感じていたのだった。

だが、いまとなっては、それは、ただ空気が重たい、などというものははるかに通り越している。

もはや、それは、空気それ自体がきわめて明瞭な妖魔の意志をもって、グィンをひきとめ、床にむかって——いや、その床を通り抜けたその下のどこかへと、引きずり込もうとしているかのようにしか思われぬ。

（く――くそッ……）

グインは、ありったけの力をふるい、そのいまいましい呪縛を振り払おうともがいた。いったい、この何もない空気のなかのどこに、そのような目にみえぬ恐しい力がひそんでいるのか、わけがわからなかったが、しかし、それは確実に、グインをひきとめ、とらえようとしていた。目の前では、椅子にかけたユーリ公子の小さなはかなげな白い顔が、かすかなあやしい微笑みをたたえたまま、じっとこちらを見つめている。

もう、その小さな朱唇からはあざけるようなことばも洩れぬ。そのかわりに、公子はただ、その目からあやしい邪悪な光線をはなつかのようにじっとグインを見つめ、そして、小さな唇の両脇をきゅっとつりあげて、グインに微笑みかけている。まるで、そのようすは、（もう、どれほどあがいても駄目だよ！　でもそうしなくては気が済まぬとお前がいうのだったら、かまわないよ。仕方がないから、お前が気が済むまでつきあってあげよう。僕は気が長いし、それにどちらにせよ、僕たちには永劫の時間があるのだからね！）とでも、云っているのと同じだった。

だが、もう、グインは、その妖魅の――いや、幽鬼の公子のようすにさえ、腹を立てたり、ぶきみがったりしているゆとりもなかった。一歩一歩、なんとかして室を横切って扉に辿り着こうとするのだが、いつのまにか、それは、まったくからだのきかぬ老人でもが必死にそうしているかのように、おそろしく難儀な作業となりはてていた。

全身がまるで、一万スコーンもあるほどの、鉄のかたまりにでもなりおおせてしまったとでもいうかのようにからだが重たかった。重たいというより、まったく御することが出来なかった。しかも、どういうわけか、しだいにやっかいなことに床がもとのただの絨毯をしいた床でなくなり、グインが一歩を踏み出すたびに、ねっとりとその床そのものが柔らかく沈んでいって、グインの重量を吸いこんでしまおうとしているかのようだった。それからまた足を引き抜こうとするたびに、グインは、少しづつ、自分がどんどん下のほうへ足を踏み込んでしまっているのを感じた。

それだけではなかった。一番厄介なのは、一歩、また一歩と、なんとかしてそのねばりつく床と、からだじゅうをひきとめる重たい空気をはらいのけて扉に向かおうと必死に足を持ち上げるごとに、全身から少しづつ、すべての力が吸い取られてゆくかのように感じられることだった。

そのままもう、すべてをあきらめて、この怪異の都の最たる怪異のまっただなかに、その身をゆだねてしまいたいような、けだるくものうい、ぞっとするようなおぞましい誘惑がグインを襲ってきた――それは、明らかに、グインのつね日頃の思考とも、その道筋とも、何のかかわりもないものであることが感じられたが、しかし、必死に、（ワナだ――この感覚も、その思考も、また、すべてこの室の――この幽霊めのワナなのだ！）とおのれに言い聞かせていても、誘惑はあまりにも圧倒的であった。

強烈な――いいようもない強烈な眠気が襲ってくる。そして、それに身をゆだねないでいるのは、それこそ狂気の沙汰というものだ、というような囁きが、頭のなかに入ってくる。誰が囁いているのかももう、よくわからなかったが、おのれ自身でないことだけははっきりしている――と思ったけれども、ではそれがどこからやってきて、おのれの脳髄のなかに忍び込まされてくるのかも、わからなかった。ただ、（もう、あらがうのをやめよ……すべてを忘れて、身をゆだねるのだ……）という囁きだけが、圧倒的に、ひたひたとグインを包み込んでくる。

その、とき――

ふっと、記憶の端をかすめたものがあった。

（何だ……この感じは……）

（俺は何か忘れている――のか……？）

（そうだ。……俺は――このような怪異――知らぬわけではない――まったく違うが、だが――怪異は怪異だった――そして……そのとき、俺は何を……）

（コ、コ、コングラス城）

グインのトパーズ色の目がかっと見開かれた。

（そうだ。――コングラス伯爵――このタイスにくる前に……ルーエにくる前に……オロイ湖を渡るために難渋していたときだ……）

（あのときも、俺は怪異に出会った。――そして、その怪異のとき……俺のなかから……）

「スナフキン、ン、ン、ン、ンの剣よ！」

ふいに、グインの口がほとんど勝手に動いていた。

「スナフキンの剣よ、出てきてくれ！　俺にはお前が必要だ！」

ほとんど無意識のようにグインが叫んだ、まさにその瞬間であった。

いきなり、グインの手のなかに、それは出現していた。

「おお……」

とたんに、グインは、なんともいいようのない奇妙な感覚に呻いていた。

その、ほのかな緑色をおびて光る剣が、グインの手のなかにおさまった瞬間、ユーリ公子はぶるっとからだをふるわせたように見えた。

その妖魔を断ち切る魔剣が、コングラス城で勝手にあらわれたときとは、ずいぶんと違う見かけをしていることに、グインは一驚していた。あのときには、ごうごうと青白い炎を吹かぬばかりに、異様なまでに幅広く、長く、そしてもえたつように見えていたスナフキンの魔剣は、いまは、緑と青の中間のような色合いの光をかすかに発しながら、むしろ細身の、鋭利な中型剣のように見えていた。まるで、その剣が、何か、いやがってでもいるかのようだった――その霊力を使われるのをいやがっているというよりは、むしろ、猟犬が何かいやなにおいをかいで、鼻をしわめてあとずさりする、というような感じだったのである。

「…………」

ユーリ公子のアーモンド形の目が、細められ、いかにもいやそうに、そのほそい眉がしかめられた。

「それは、何なのだ、豹の男？」

ひどくいやそうに、ユーリ公子が云った。

「なんで、お前はそのようなものを持っているのだ？　そんなものは見たことがない――そんなものを持っているお前はいったいそもそも、なにものなのだ？　豹の頭をしている、というだけではない。お前、もしかしたら、本当の生身の人間ではないのだね？　そうだろう、豹人？」

「黙れ。幽霊め」

グインは鼻にしわをよせて唸った。

おかしなことに、スナフキンの剣がグインの手にあらわれた瞬間に、すでにその霊力によって追い飛ばされたとでもいうかのように、室内のあれほど重たく、ぶきみにねっとりとしていた空気の重たさが、半分がた減じていた。ちょっと身動きしても、はてしなく地の底までも吸いこまれてゆきそうだった、あの重さがずいぶんと消えて、ただ、まだ妖気と、そしてあやしい冷気とでもいうべきものは濃密に残っていた。だが、もう、グインは、全部ではなかったが、ほとんどいつもどおりに動くことが出来た――スナフキンの剣は、まるで、何かいやなにおいを吸いこんで、それを吐き出して浄化しているかのように、いくたびも、グインの見ている前でその色を変えていた。

それは、最初緑がかっていたが、それから青になり、それからだんだん真っ黒になり、それからいきなり、まるで犬がくしゃみをするようにかるく震えて、何か黒いかたまりのようなものを外に吐き出すような感じになった。それから、また突然真っ白いなかにほのかに青みをおびた美しい刀となり、それからまた、その青みがどんどん増していって、それからまた真っ黒になり――その過程がいくたびもいくたびも繰り返されるので、なんだかまるでそうやってこの魔剣が、この室内の目にみえぬ妖魅どもとのあいだにすでに死闘をくりひろげ、妖魅どもを吸いこんで吸収してはまたぽいと吐き出しているかのようだった。そして、魔剣がそうして色をかえてゆくにつれて、室内のねばねばした感じが少なくなり――同時に、グインの左腰のところにあたる奇妙などきどきは、いっそう激しくなっていた。

「お前は、なぜ、そんなものを持っている?」

ユーリ公子がとがめた。そのとがめる声も、様子も、いくぶん弱々しくなっていた。

「それは何だ。なぜ、そんなものを取り出す――僕に何をしようというのだ?」

「黙れ、妖魅」

グインは、そっと左腰のあたりに手をやった。そこから、突然、はっきりとした囁きのようなものが伝わってきた。

(王さま……あたしのことを忘れてはいけないよ。……こうした怪異に対しては、あたしだってお役にたってあげられるわ。あたしがここにいることを——それだけでも、思い出していて。そうすれば、王さまには、現世に根っこができるわ——)

(こういう妖魅たちは、いつも、うつつからあなたを切り離してしまおうとするのよ。そうして、うつつの世のものごとのなりたちを忘れさせ、そうして妖魅だけの約束ごとに従わせるの。そうしているあいだに、かれらはどんどん、あなたの脳を占領して、ほかのものごとがちゃんと存在していたのを忘れさせてゆくのだわ……)

(こういうものどものやりくちはいつも同じ。——本当は、こういう幽霊どもなどは、たいした力は持っていないのよ。本当におそろしい大した力のある妖魅というのは、まったく別のもので……それには、その王さまのスナフキンの剣のほうがずっとお役にたつはず。だけど、あたしでも……こうして王さまに正気を取り戻すよう、そしてそれを保つよう、働きかけてあげることはできるわ、あたしは王さまの、『外側にあるもうひとつの心臓』の役を、ひきうけようと願っているから。——心臓がひとつしかない、世のつねのひとびとなら、この幽霊のささやきかけることばをきくごとに、だんだん、血の流れがゆっくりになり、そうして幽霊のことばがだんだんからだにしみこんでゆき——そうして、ゆっくりと気が遠くなっていって……ねえ、王さま、こういう、実体のないものどもは、本当は何もできないのよ。かれらは、相手が、自分のほうに入ってきてくれるよう仕向けるだけ。相手が自滅してくれるのがかれらの望みなの。それ以外では、かれらはあなたに何も出来やしないわ。だってあなたはこんなにも生命力に満ちあふれているのだから……)

(ねえ、王さま——いつだって、本当におそれているのは、死者のほうなのよ。死者たちはいつも、生者をおびやかすようなことをいうけれど、その実、本当は、生者をおそれているのは死者たちなの。かれらは生命と真昼の光と、そして明るい理知とが怖いから、それであたりを暗黒でつつみ、薄明のなかにあなたをひきこみ——そうして、かれらの約束ごとの世界にあなたを連れ込むことで、いうことをきかせようとするんだわ。——だまされてはだめ。かれらは、あなたほど盛んな生命力に対して、何ひとつ本当は出来はしないの。かれらは、あなたのその驚くべき旺盛な燃え上がる生命力に、蛾のように吸い寄せられてやってくるのよ……)

(忘れないで、王さま、あたしはユーライカの瑠璃、あなたの守り姫……あたしがここにいて、あなたの《そとがわの心臓》として鼓動を打っていることを……思いだして)

「ユーライカ……」

グインは驚きにうたれながら、かすかにそう口走った。

その刹那、ユーリ公子のあやしいひとみが、なんとなくかげろうのように、もやっとかすんだように見えた。

「その剣を引っ込めよ、豹頭のグイン」

ユーリ公子がなんとなく弱々しく命じた。グインの手のさきで、なおも魔剣スナフキンはあのふしぎな色合いの変化を繰り返していた。だが、もう、それは、それほど真っ黒になることがなかった。もしかしたら、室内の瘴気がかなり、魔剣によって吸い尽くされてきつつあるのかもしれなかった。

「お願いだ」

ふいに、ユーリ公子の声が、弱々しさの度を増したかと思うと、それまでとは、まったく違う哀願のひびきが生まれた。

「なんだか――なんだか、その剣がそうしてそこに光っていると、とてもとても落ち着かぬ心持になる。お願いだから、グイン、それをしまってくれ。そして、また話をさせてくれ――僕の話を聞きたいだろう？　永劫にタイスに生きるものの物語だ……お前の知らない、たくさんの物語をきかせてあげる。――そうして、お前が永久に退屈せぬよう、僕の知っているかぎりの物語をたくさん――タイスについてのあやしい伝説をたくさんおしえて上げるから――そうだ、お前はタイスの地下水路について知りたくないか？」

「地下水路だと」

（きいてはだめよ、王さま！）

するどい、《ユーライカ》の警告がきた。

（いったでしょう。かれらは、話を《きかせること》であなたを手取りにするのだって。かれらのことばをきき、かれらのすがたを見ていることで、あなたは少しづつかれらにからめとられているのよ！　一番いいのはね、王さま。目をとじて、そのスナフキンの剣を振り下ろすことよ。ためしにやってごらんなさい。何もかも、一瞬にして消滅するわ）

「む……」

グインは迷った。

奇妙な迷いが生まれていた――それは、おのれが思うだろうとは思わなかったような、あまりにもあやしいまどいであった。それは、《憐憫》の情であった。

この少年の幽霊は、確かにあまりにも凄惨な、悲惨きわまりない運命をたどって、そうしてうらみとはてしない苦しみとのはてに息絶えたのだ。そして、誰ひとりその悲劇についてはは知るものも、癒すものも、とむらうものもないままに、タイスの紅鶴城という、いわば魔宮の奥でそのあまりにも短い生涯は消滅した。この幽霊がそれをうらみ、そしてまったく成仏するを得なかったところで、何の不思議があろう——というような気がしたのだ。同じようにタイスという、このゆがんだ悖徳《はいとく》の都のいけにえとなり、短いいのちを落とすはめになったものたちは、男女とわず、身分の上下をとわずたくさんいたのだろうし、それを思えば、このユーリ公子だけがきわだってあわれな運命をたどったというわけでもなかったのだろう。

（げんに——俺がタイスに到着したその夜にも、俺たちが出番を待っているその前で、顔も知らぬどこかの歌手の娘が、下手な歌だというので、堀に投げおとされ、ワニに食われて絶叫をのこして死んでいった——）

あの娘とても、当然、そのうらみと苦しみは凝ってタイスに残り、この呪われた魔宮をはなれて昇天しうるわけもないだろう。むしろ、その死が新しい分、うらみも苦しみも、その流血も鮮烈に残って、またしてもタイスと、紅鶴城とをその血とうらみで怨霊の怨念に染め上げるのにひと役かっているに違いない。

（そして——もしも、このままでゆくのならば、俺たちもまた、同じような運命をたどらざるを得ないかもしれないのだ。——それほどに、結局は……この都そのものが、それともクムという国の持っている背徳的で享楽的な、耽溺的な歴史と好みとが、結局は弱いもの、えじきになるもの、むさぼり食われ、打ち捨てられるものを苦しめてきた、ということなのか——）

クムの先代大公の息子たちは、大公の位を争う、血なまぐさい骨肉の争いのすえに、同じ兄弟どうしが殺し合い、虐殺しあう凄惨なあらそいに突入して、結局タリクひとりが逃げ延びた、というマリウスからきいた話が、突然グインの頭をよぎった。

（そうか。――クムという国の歴史そのものが血ぬられているのだ……）

それはだが、ひとりクムに限ったことではないのかもしれぬ。

人間の歴史、というものがそもそも、愚かしい私利私欲と、そして狂おしい残虐や身勝手や狂乱で彩られているかぎり、どこの国にも、ひそかに葬り去られ、そしていつまでも昇天することなくうらみをまきちらして漂い続けている幼い幽霊たちのひとりやふたりは必ず存在するのだろう。

（俺の国――ケイロニアにもなのか。その国にもやはり、血なまぐさい歴史や、血ぬられた過去の暗黒、そして、隠された幼い犠牲は存在していたのだろうか――）

それを知りたい、とグインは思った。

そう、思いつつ、グインのからだのほうは、ほとんどまた無意識のままのように動いていた。

グインが片手につかみしめたスナフキンの魔剣をふりあげて、じりじりとそちらにむかって動き出したとき、瞬間的に、（何をするのだ）というように、ユーリ公子がびくっと身をおののかせた。

もう、かれは、妖美にも、艶麗にも見えなかった。むしろ、何か、青ざめて、ひどくみすぼらしい、ミイラのようなむごたらしい化け物の本性をあらわしつつあった。

「何をするつもりだ」

幽霊公子がかすれた声をあげた。

「やめろ。その剣をしまえ。それをこちらにむけるな。こちらに近づいてくるな。お前がこちらにくるとその剣が——その剣から、なんだかとても——やめろ。その剣は嫌いだ。何をするつもりだ」

「お前は永劫の無聊をかこっていた」

ふいに、グインの口から、グインのものではないかのような——それこそ、魔剣そのものにのっとられでもしたかのような重々しい、あやしい声が漏れた。

「ならば、俺が——それからいま、お前を解き放ってやろう。それこそがお前の望みではないのか。お前はもはや生きてはおらぬ。生は短く、そしてお前にとっては何ひとつとして楽しいことのない苦しみの連続にしかすぎなかったはずだ。——それからようやく解き放たれ、ようやく自由になって、ゆたかな永遠の眠りをこそ求めればよかったものを。なぜ、ここに——この呪われたお前の牢獄にいつまでもとどまる。なぜここにいて、次々訪れる人間をいけにえにしようなどとたくらむ。——ならばいっそ、こうして俺によって自由になればよいではないか。それとも、そんな幽鬼としてでも、お前は、存在していたいのか。だがお前はもう存在していないのだ。だったら、存在とは何だ。——お前は、どこにいるのだ？」

「やめろ」

公子の声はもはや悲鳴にひとしかった。

グインは目をとじた。そのまぶたのうらにうかんだのは、かれがそう見せかけようとしていた、艶麗な美少年のすがたではなかった。やせ衰え、まともな食べ物も与えられたこともないために、ほとんど成長していない、わずか七、八歳の童子くらいの大きさしかない、ひからびたミイラのようなあわれな亡骸のすがただった。その、ひからびて皮が頭蓋骨にはりついている、飢えた鼠のような顔に、目ばかりがぎらぎらと赤く光って、怨霊の妄執を放っていた。

「やめろ。やめないか。滅びるのはいやだ。消滅するのはイヤだ。僕はずっとここにこうしていたいのだ……」

「お前はもう存在してはいないのだ」

グインはたえがたく目をかたくとじた。スナフキンの剣をふりあげると、幽霊の激しい恐怖と苦悶と怯えとが伝わってくる。埒もない憐憫をグインはふりはらった。

「楽になるがいい。亡霊」

声とともに——

グインは、スナフキンの魔剣をふりおろした！

2

「ギャーッ！」

かすかな――

声にもならぬ、超音波のような悲鳴の波が、あたりの空気をゆるがしたようだった。

同時に、何かがばらばらと崩壊してゆく――かろうじてひとつに結びあわされていた何かが、その結び目を一気に両断されて、そのままばらばらと壊れてゆく、という、そんな感じが、グインを襲った。

同時に、ながらくそのままいてついて、いわば時の流れから無縁の真空状態のままに保存されていたその空間のなかに、一気に、《時》の轟々たる流れが流れ込んでゆく――その、上を下への騒ぎが、この閉ざされた空間だけではなく、その周囲にまで、激しい影響を繰り広げてゆくのが、遠く感じられた。長いあいだ、何十年にもわたって、時の流れることのなかった空間に、時と、そしてそれがもたらすすべての化学変化が流れこんでゆくのだ。それはさながら激烈な突風となってそのあたりを襲っていた。

（ウワッ……）

グインは何か、目にみえぬ猛烈な風にからだじゅうを吹き倒されているような勢いにさらされて呻いた。どこにも、つかまらずにいては、まるで海のすさまじい渦潮にでも巻き込まれたかのように、からだがまるで木の葉のように吹き飛ばされてしまいそうだった。

反射的にグインは、まだ手に握っていたスナフキンの魔剣を、地面——なのか床なのか、もう何もわからなかったが、それにむかって突き立てた。そして、その剣の柄に懸命につかまった。それだけでも、よほど、その突風からなんとかして、身を守ることができた。

（そうよ——王さま……）

ユーライカがかすかに囁きかけてくる。だがもう、そのこのたびのおもだった役目は無事におえた、というかのように、もう腰のあたりで激しい鼓動がふくれあがることもなくなっている。

（あの不幸な公子の怨霊は……あまりにも怨念が強かったので、そのまま、その死んだ部屋、そこしかついに知らなかった部屋を、封印してしまったのだわ。——そして、訪れてくるものを次々とああして引き込んで永劫の怨霊へといわばとって喰らってしまっていたのでしょう。それが評判をよんで、とうとうタイス伯爵はあの一画の使用を禁止し、ひとの通行さえも禁止した。でも禁止などされなくても、幽霊でみちみちているあの廊下と、その両側の部屋へは誰もゆこうとはしなかったのよ。——あなたは、あの一画にとっては、本当にひさびさに訪れた、生きた来訪者だったのだわ。——そうして、それゆえにあの一画そのものがいろめきたってあなたを引き留めておこうとした。——ふしぎなことね。怨霊、死者たちの霊というものは、本来ならば、もう生をはなれて、やすらかに憩うているはずなのに、不幸な死をとげた、あるいは不幸な不本意な生をしか得られなかった揚句に苦しみの死をとげたような怨霊というものは、どうしても逆に、おのれの生きていた場所を離れられないのだわ。……そこでもうひとたび、やり直すことが出来はせぬか、というのが、ああいうものたちの、最大の願いなのでしょうね。——ああ、でも、あの一画が崩れてゆく。もう目を開いてもいいわ、王さま——というよりも、心の目でごらんなさい。見ようと思いさえすれば、面白いものが見られてよ。——ほら、あの一画が崩れて……あそこに隠されていた、時のとどめられていたあいだのすべての秘密を、時がむざんにもあらわにしてゆくわ……)

(何だと……心の目で、だと……)

(そうよ、見ようとさえ思えばそれでいいの……あなたは、何だって出来るのよ、王さま……だって、あなたは、ケイロニアの豹頭王グインなのだから……)

グインは、そうした。

どのようにすればよいのかはよくわからなかったが、だが、おのれが、そうしたことが、グインにはわかった。――みるみる、暗黒だった世界のなかにまた光がさしこみ、そして、グインは、おのれのからだが、何か高い空中のようなところに、何もないところにつきたてられたスナフキンの剣にぶらさがるようにして浮いているのをみた。

それはなかなかにぞっとするような眺めではあったが、グインはそれよりもさえ激しい興味をひかれてしまっていたので、それもちらりと感じただけで、ただちに目の下にひろがるあやしい光景のほうに目をむけた。

それはおぞましいかぎりの光景であった――崩れ落ちていったのは、そこに打ち捨てられたまま怨霊となってとどまっていた、不幸な公子の亡骸だけではなかった。

公子の怨念が時をとどめて封印していたので、そのあいだ、この一画はすべて、死体が腐ることも、またものが育つこともなかったのだろう。いま、その封印がとかれて、いっせいに時の呪詛と、そして時の慰安とが、一気に流れ込んできて、この一画をすべて、しかるべき時の裁きのなかにさらさせようとしていた。

この閉ざされた廊下の両脇にひろがっていた小部屋のひとつひとつが、まるで天井がとりはらわれて、上からのぞけているかのように、グインの目にははっきりと見えた。事実、ある意味ではそうだったに違いない。それぞれの部屋が、ひとつひとつの、いわば悲鳴と恐怖と拷問の歴史のようだった。なかには、椅子に裸のまま縛りつけられて、限りない恐怖と哀願と呪詛の表情もあらわなままに死んでいる若い女もいた。声をかぎりに助けを求めることも出来ぬよう、その舌は切り取られてしまっていたのだ。また、そのとなりの小部屋には、秘密の子供を産み落とした女が、頭を叩きつぶされ、同じように頭を叩きつぶされた生まれたばかりの赤ん坊の死体を股のあいだにぶらさげたまま、蛙のような格好でひからびていた。子供を産ませた男が、秘密を守るために母も子もともに殺してしまったのだ——と、その女の亡骸が、叩きつぶされた頭から、飛びだした眼球を見開いて、グインにそう告げた。

ばらばらにされて床にちらばっていた、小姓の死骸もあった。それはべつだん、同じときになされた残虐な行為だったわけではなく、なかには何百年もたった死骸もあったし、また、つい先月になされた蛮行のはてに生々しくまだ血を流しているような死骸もあった。また、それは、なにもこの一画だけに限ったことではないこともグインにはわかった。

どこの城でも都市でも、奥にはこのようなあやしい秘密が隠されているのかもしれないし、ことにタイスだけが、そのおそるべき所業のために裁かれるべきだ、ということもなかったのかもしれないが、だがそれでも、タイス、という都が、他のどこよりもけたはずれて背徳的であり、頽廃にみち、そして残酷な淫行、蛮行をするにためらわないことは確かであった。そして何よりもの最大の違い——それは、タイスが、むしろ、おのれのその所業を、誇ってさえいることであった。

タイスにとっては、美と快楽と、蛮行と残虐と頽廃とはすべてひとつものであった。勝利は快楽の女神のものであり、そして悲鳴も血も、哀願も呪詛も涙も、怨念さえも、快楽の女神に捧げられさえすれば、それは許されるのだった。それが、このタイスの都の正体だった——タイスは、快楽の女神サリュトヴァーナに捧げられ、それを至高神とあがめて発達してきた都だった。

それでも、むさぼりくらわれる生贄たちの苦痛や苦悶、屈辱や無念には、どこの世界でもどこの都市でもなんの違いもあろうはずもない——それゆえにこそ、この一画は、ことに強烈だったユーリ公子の怨念によって、時から封印されてしまったのだ。

そして、その封印が解き放たれたのだった。スナフキンの魔剣が、かれらの強烈な、ありあまる怨念をさえいったんは浄化したのかと思われた。もっともそれは、おそらくは一時的なものだったのかもしれないが——

それでも、そこに次々とあらわれてくる、そうしたあえないさいごをとげたものたちのなきがらは、いまや、封じられていた《時》にまともにさらされ、そして、見る見るうちに腐敗し、それからさらにまた乾き、もっと長い時をへて塵にかえっていった。ユーリ公子の亡骸もまた。

（なんと……なんということだ……）

グインはかすかに呻いた。

（この都は……なぜこのようになったのだ。もともとは……どこの国もどの都市も同じように清新の気に満ち、万人の幸福と繁栄をのみ願って生まれてくるのであろうに。――どのような選択が、この都をそのような、サリュトヴァーナの魔都にしたのだ）

（さあ、それこそは運命神ヤーンのお決めになることだわ。私にはわからない）

もう、すべての役目はすんだ、と考えたのだろうか。

よほどかすかな声になってゆきながら、《ユーライカの瑠璃》がなおもグインの脳髄の芯に低く囁きかけてきた。

（ただ、私にわかるのは……この殺されたものたちも、みんな、生きたかったのだっていうことだけだわ。――あなたはもう、忘れてしまっているけれど、あなたはかつて、あの蜃気楼の都カナンで、蜃気楼の少女の口からも、そのことをきいたのよ。――私は生きたかっただけ、私はもっともっと生きていたかっただけ、と。――そうして、その運命をもたらしたもの、そしてなみはずれて生命力に満ちているもののもとに、怨霊たちは集まってきて、そして告げる――もっと生きたかったのだ、このような死はとげたくなかったのだ、とね――タイスなんて、本当にこの世でカナンに続くほどにもたくさんの怨念に満ちている場所だわ。だからこそ、あなたはたぶんここに吸い寄せられてきたのだわ。みんな、すべての怨霊たちは、あなたに聞いて欲しい、知って欲しいのよ。

——そうして、だからといっていまさらその無残だった生がむくわれたり、あがなわれたり、やり直せたりはしないことはみな知ってはいるのだけれど、それでも、やっぱり、あなたに知って欲しいのだわ。あなただったらもしかして、とみんな思っているのだわ……馬鹿ね。いかにあなたがケイロニアの豹頭王グインだからといって、あなたが運命神ヤーンの愛し子だからといって、ヤーンが守っているのはあなたとあなたの運命だけでしかないのは明らかなのに。——それでもみんなそれほどまでに、おのれの不条理な運命に得心がゆかぬまま怨念をかかえて永劫にさまよっているのだわ……馬鹿なことね……）

そして、ユーライカの囁きと気配とが、ふっと消えた。

もう、腰のところが激しく脈打つ感じもなかった。そしてまた、ふいに、グインの目には何も見えなくなっていた。

「ああッ！」

目をおそるおそる開いてみたとき、グインは鋭く声をあげた。かれは、スナフキンの剣を、絨毯にぐさりとつきたてたまま、もとのあの古びた、タペストリで覆われた室のなかに立っていた。

かれの前には、最初に見たとおりのディヴァンとテーブルと、そしてさまざまな飾り物のある、ひんやりとかびくさい室があったが、その室のまんなかに、ぽかりとじゅうたんがめくりあげられて、穴のあいているところがあった。じゅうたんは、その穴のかたちにもともと切り取られて、ただはめこまれていたようだった。

もう、室のなかの空気はべつだん、まったくもとどおりの紅鶴城、このしばらくグインが滞在して知っていたとおりのものになっており、どこにもあのぞっとするようなねっとりした重たさも、からまりまとわりついてくる感じもなかった。かえって拍子抜けするくらいだった。

(これは……)

グインは、その、目の前にぽかりと口をあけている、黒い切り穴をしばらく、黙ってにらみつけていたが、それから、ふいに、大股に窓のところに近寄っていって、ぐいとカーテンに手をかけた。

あの警告するような電流などまったく伝わってはこなかった。グインはぐいとカーテンをひきあけ、さらに窓の把手に手をかけた。それは、長年まったくあけられなかったように、さびついて固くなってはいたが、グインがぐいぐいと動かしていると、やがてあいた。外の空気が流れ込んでくる。

そこは中庭になっていて、だが、目の前にはどこも見えぬようにということか、窓をおおいつくしてしまうほどたけの高いイトスギがびっしりと並べられて植えられていた。その上に、グインは首を出してみて気付いたのだが、この窓のすぐ外側には、細い桟がびっしりと並べられた外窓がもうひとつあって、それが完全に窓の外をおおってしまっていて、そこから外には出られぬようになっていたのだった。その桟がいわば、この室を完全に牢獄として外から閉ざしてしまっていた。

外から入ってくるのは、風と、そして外のにおいと、そうしてかすかな、遠いむこうの棟からの音楽やにぎやかな宴会の喧噪ばかりだった。その桟を手でつかんで耳をおしあててみても、背伸びをしてみても、その向こうが見えるすべはなかっただろう。まして、ユーリ公子は足が生まれつきなく、そこにとじこめられたままだったのだ。

（あの子供は……産まれたときから、この部屋のなかしか知らずに、一生をタイスの虜囚として——いや、紅鶴城の、この室の虜囚として生き、そして餓死させられていったのか……）

あらためて、あわれさに胸ふたがれる思いをしながら、グインは、外から流れ込んでくる、甘い、かすかに緑の梢のにおいのまざりこんだ夜気を吸いこんだ。もう、夜になっているようだった——そして、なおもまだ、クムの支配者たちの一行を迎えて、タイス伯爵の饗宴がうち続いているのだろう。妙にはっきりと、キタラの音と、喧噪と、そして、料理のにおいまでが風にのって入ってきた。この室が、さきほどの大広間からどのような位置関係にあるのかは、グインにはまったくわからなかったが、ここはだいぶ、城の低いところのようであった。もしかしたら、一番下であるのかもしれない。

そして、大広間は、たぶんもっと二階とか三階とか、上のほうだったのだろう。それゆえに、においも音も、比較的ふんだんに流れこんでくるようだった。グインはしばらく、それに耳をかたむけてから、そっと窓を閉めた。だが、さいごに風にのってかすかにきこえてきたのは、マリウスのゆたかな歌声であることはかけてもよいとグインは思った。

(この子供は……来る日も来る日も誰にも忘れられたまま、ここでこうして、あの広間やほかのあちこちでの饗宴のにぎやかなさざめきをきいたり、御馳走のにおいをかぎながら飢えておのれの手をくらったりしていたのか……)

グインはぶるっと身をふるわせた。その手のさきにまだ握られていたスナフキンの剣が、警告するようにかるくぴかりと光を濃くした。あまりそこに同情すると、またせっかく散らせた怨気が集まってきてしまうよ、とグインに警告しているかのようだった。

「もうよいぞ、スナフキン。お前はいつもよく働いてくれる。また、必要のあるときまで、眠っていてくれ」

グインが、生あるものに話しかけるように――もっとも、グインにとってはまぎれもなく、スナフキンの剣は生あるものだったのだが――そういうと、スナフキンの剣は、ふるふるっとかすかにふるえて、満足げにまたたき、それからすいっと、グインの手のなかに吸いこまれていってしまった。

ちょっと不思議の感に打たれて、グインはそのおのれの太い腕を見つめた。このなかのどこに、この魔剣がひそんでいるのだろうと、いつも驚嘆の思いにかられるのだ。だが、それから、もとどおり窓のカーテンをしめると、それから、切り穴のまわりを迂回して、扉のほうにいった。

むろんなにものもう、べつだんグインを引き留めはしなかった。空間もねっちょりとからみついてきたりはしないし、床もねばねばとグインを吸いこもうなどとはしなかった。グインが動かしてみると、扉はごく簡単に開いた。

そっと首を出してのぞいてみると、そこはもとのとおりのあの誰もいない、壁龕のずっと続いている静かな廊下であった。その両側の小部屋のひとつひとつにひそんでいた、残虐な物語や秘密を知ってしまったあとであるいまとなっては、その静けささえも、なにやらひどくおぞましく思われたのだが。

グインは、いったん、廊下に出ようとして、ためらった。

それから、さらにためらい、それから、そっと扉をしめ、そのままそろそろと、室のまんなかに戻ってきた。

そこは、さきほど、ユーリ公子の亡霊が、巨大な椅子に、何もないのだという膝から下を毛布にくるまれて座っていたまさにその場所であった——そして、いまはそこにはむろん何もなく、ぽっかりと、切り穴が開いている。

その、かたわらにグインは膝をついた。もう、かなり暗くなってきていて、おまけに、あの燭台のロウソクのあかりももしかして、それもまた妖魔の所業の一環であったのかもしれない。さっきのぞいたとき、廊下は最初に入ってきたときよりずっと暗く感じられたが、もう夜に入っていて、室のなかはもともと外からのあかりしか入れていなかっただけに、相当に暗かった。それでも真っ暗ではなかったのは、レースのカーテンだけをしめた窓の外から、ことに窓の上のほうから、この虚飾と罪にみちみちた城のいたるところを燦然と輝かせている無数のロウソクのあかりがさしこんできていたからであった。

グインはちょっと考え、それから、室内を見回した。室内にもやはり四隅に小さなテーブルや壁龕がもうけられていて、そこに燭台が、ろうそくをさしこまれたままおいてある。グインはそれのひとつに近寄ると、燭台をとりあげた。燭台ののっているテーブルの、小さなひきだしをあけると、そこから、火打ち石と予備のロウソクのひと束が出てきた。その火打ち石で、グインは燭台についている五本のろうそくに火をともした。それから、その燭台を持ち上げて、注意深く、それを照明にしながら、切り穴のところに戻っていった。

そっと、切り穴の上からのぞいてみる。ふいにグインは唸った。

(さわやかな風が吹いてくる。というか、これは……外気だ。しかもひんやりしている

――水の匂いがする）

（これは……まぎれもない。もう間違いようもない――これは、地下水路にゆくための、水牢だ……）

このあたりの城の最下層はすべて、その真下は水牢――いや、ひとがそこに落とされれば水牢にもなろうが、本来は、タイスの下にひろがる地下水路そのものになっているのだろうか。

最初から、グインは強烈にその地下水路に興味をひかれていたのだった。

（だが――いまとなっては……）

（地下水路を使うしかないのではないか、という思いは……強まるばかりだ……）

それが天然の要害であるのなら、それこそが、紅鶴城からも、タイスの脅威、追跡からも、おのれら逃亡者を守ってくれるのではないか、という思いは、グインのなかにますます強い。

そして、これは、グインがはじめて発見した、地下水路におりる「あげぶた」のひとつであった。いたるところにあげぶたがある、とタイスの住人たちは口をそろえていう。それは、グインからみれば、そのあげぶたを見つけさえすれば、地上を歩くこともなく、誰にも知られることもなく、地下を通ってどこへでもゆける、ということであった。

（タイスのおきてにより、タイスを脱出することが出来ぬと知ったものたちが、絶望にかられてあちこちにある入口から地下水路にもぐりこみ、なんとかしてオロイ湖に抜けだしてタイスを脱出しようとした話というのがあとをたたぬ。だが、それは、ひとつとして成功したことはない、とされているな。なぜなら、地下水路には、白いガヴィーをはじめとして、たくさんのえたいのしれぬ水棲の住人がひそんでいて、そこでかれらなりの平和な日々をいとなんでいるそうだし、そしてまた、ラングート女神の末裔たる、不気味なカエルと人間のあいのこのようなラングート・テールなる怪物が、タイスの守り神として、地下水路を徘徊している、という伝説もある）

ロイチョイ廓の屋台店のおやじからきかされた話を、グインは思い浮かべた。

（たいそう不思議なことは、この、水神祭りのときに流した生贄の人形《ひとがた》というのは、どういうものか、オロイ湖畔のどこかで突然、何年もたってから発見されるかと思えば、翌日にルーアンで発見されたりする。……だが、その人形は、どうやってどこを流れてどこに出てくるのかまったくわからない——それで、これは、タイスの地下水路のえたいのしれぬ構造のゆえとされていて、タイスの七不思議のひとつとされているのだ。——もしかすると、地下水路は、オロイ湖の地下にさえ網の目をめぐらすようにひろがっていて、それがルーアンに通じたり、もっと南のほうにも通じているのではないか、というものもあるが、なにせ地下水路はあまりに広大なので、そのすべてを探検したことのあるものなどひとりもおらぬ。なにせ命がけなのだからな）

（命がけか）

グインはかすかに笑った。

（命がけといったら、いまの俺こそ——もはや、なにものよりも命がけだと云わねばなるまいが。何がどうあってもタイスを脱出せねばならぬのだ。たとえ、何万人のタイスの民が、そしてその数倍するタイスの過去の虐殺された亡霊が、口をそろえて、ひとたびタイスにきたものは、決して脱出することはできぬ、と保証しようともだ）

（そのためにも……）

グインは、しばし、じっと考えた。

それから、あたりを見回し、燭台をおき、そして窓のところにいて、びろうどのカーテンを、ぐいと引っ張った。そしてさきほどのガンダルがそうしたように、その幕をびりびりっとはがしてしまった。それから、それをぐるぐると、横長になるようにまきはじめたが、あまり分厚いとみて、またあちこち探しまわり、机の上の筆立てのなかから、小さなはさみを探し出すと、それでカーテンを裂いて、半分くらいの大きさに切った。そして、それをもういっぺんぐるぐると巻物のようにまくと、その端をまきつけるところを求めて、室内じゅうを見回した。

3

なかなかそれは厄介なことであった。テーブルなどではそこまでしっかりとグインの体重を支えてくれそうもなかったし、また、この室には柱のような都合のよいものもなかったからである。

だが、ついに心を決めて、グインは、さらにその半分に切ったカーテンの残りをそのかたわれの端にしっかりと渾身の力で何回か結びつけた。はさみで何本かに裂いておいて、何回もくりかえして縛りつけ、あだやおろそかではほどけないように縛ったのである。

倍の長さになると、相当な長さになった。それで、グインは、それをドアの把手にしっかりと縛りつけ、それから、それを室のまんなかの切り穴のほうへとのばしていった。室はそれほど広い、というほどでもなかったので、切り穴のところにきても、まだその臨時の綱はそのさきが一ターールくらい残っていた。

切り穴の中がどのくらいの深さになっているのか、グインは腹這いになって燭台をかざしてみた。それから、何か机から探し出してきた手頃なものを落としてみた。意外とすぐに、ぼちゃーん、という水音がかえってきて、この穴のなかが恐しく深くなっているわけではないことがわかった。その下は真っ暗である。

グインは慎重に、何回もぐいぐいと、縛りつけた綱をひっぱり、それが簡単にはほどけないのを確かめた。それから、火打ち石と予備のろうそく全部とはさみと、ほかにも役立ちそうなものを適当に、残り切れを裂いて作った臨時のかくし袋に包み込むと腰のベルトにつけた。そして、燭台をかざしたまま、その綱を切り穴のなかに垂らし、そして、思い切って、その綱につかまって、切り穴のなかに身をすべらせた。

片手でしっかりと綱と床のへりにつかまりながら、まずは下半身だけを暗がりに浸すようにして、からだを斜めにし、燭台を下のほうに差し出してみる。そこは、まさしく、地下水路であった。

思ったよりもかなり広い。そして、下のほうは、あきらかにどこかおもてへもずっと通じているらしく、ひたひたと水の流れる音がきこえている。ちゃぷん、ちゃぷん、と波が壁にあたるような音がするし、それだけではなく、何か、生命のあるものがいるような、ひそやかなざわめきめいたものさえも確かに感じられた。

だが、当然そのなかは真っ暗だ。下に水が溜まっているのはわかるし、さきほど投げ込んだもののたてた音から、水面がおそらく二タール半ばかり下であることはわかるが、その水面からさらにその下にいったい何タールの深さで、水がひろがっているのかは、かいもく見当がつかない。いくら燭台を差し出してみても、ここからでは、あまりにも闇が圧倒的で、とても、そんなかぼそいろうそく五本の炎などではすべてを照らし出すことなど出来なかった。

グインは、ちょっとのあいだためらった。

それから、（ヤーンの加護あれかし）と低くつぶやくと、そのまま、豪胆にも、綱を滑り降りるようにして、燭台を片手に持ったまま、その切り穴のなかに入っていった。

それはおそらくあの公子の遺骸が投げ込まれた切り穴であるのだろう。グインのからだだと、かろうじて通れるくらいだったが、もっと小さい女子供のからだなら、ごくかんたんに投げ落とすことが出来そうだった。グインは一瞬綱の端にぶらさがった——それから、やにわに、勇を鼓して手をはなし、そこから飛び降りた。

ばしゃーん、という水音がした——一瞬、そのまま水にからだが浮くのをグインは予想していたが、案に相違して、あっという間に、足が大地につき、あわてて体勢をととのえて着地するはめになった。

燭台を水にぬらさぬよう、必死で庇ったが、体勢をととのえるためには強い風にあおられるのはしかたなかった。ろうそくは四本がふっと消えてしまったが、しかしかろうじて一本が無事であった。足が、ぬるぬるする水底をしっかりと踏みしめたのを確かめると、グインは素早く、その一本の、まだついているろうそくをぬいて、それでほかの四本にまた火をつけた。

ゆらゆらとゆれるろうそくのあかりが、洞窟のなかを照らし出した。それは、この豹頭の冒険児でさえ、はじめて見るほどの、驚くべき光景であった。

ぽちゃーん、ぽちゃーん、と、どこかからひっきりなしに、水のしたたる音が聞こえていた。洞窟は意外なくらいに天井が高くなく、グインが飛び降りた地面から、上の切り穴までは、まさに二タール半くらいであったから、切り穴からぶらさがっているあの臨時のロープがだらりと見えていた。飛び上がってうまくそれをつかめば、充分につかめそうであった。

水のほうは、グインの足首までくらいしかなかった。だが、そのかわり思ったよりもずっと流れていて、けっこう流れが速く、気を付けないと足をとられてしまいそうだった。ところどころに、何か青白く光るものがシュッと流れてゆくのが見えたが、それはもしかしたら、青く光りを放つ、この地下水路特有の魚かなにかだったのかもしれなかった。

グインはさらに慎重に燭台をあちこちにかざして、なかなか動きだそうとしなかった。この切り穴のロープが無事であるかぎりは、なんとかもとの地上に戻ることもできるが、（いったんそこに迷い込んだものは二度と地上に戻れない）という、エン親父や、シカばあさんが口をそろえていった言葉がグインの耳にしっかりと残っていたのだ。そこまで、おのれの僥倖とヤーンの加護だけをあてにする気にはならなかったし、それほどに楽天的ではなかったので、グインは、動き出すまでに十二分に時間をかけようとした。

地下水路の概要が少しづつ、グインの目に入ってきつつあった。どうやら、地下水路は、最初に漠然とグインの持っていたイメージとは違い、それぞれの室の下にそれぞれが狭い地下牢として区切られている、ということではないようだった。それは宮殿の下全体にひろがっている巨大な空洞であった。

さらに思ったのとまったく違うことに、たくさんの、鍾乳洞のような柱が、林立していた。それによって——すきまがあまりないくらい密接して立っている、かなり幅の広い柱もあったので、それが壁がわりになって、なんとなく、いくつもの小部屋のようにも別れていたし、また、鍾乳洞の一部がちょうど壁のようになっていて、まさにドアのある独立した小部屋のようになっている場所もあるようだった。もっともあくまでも、ここから燭台をかざして、そのおぼろげなあかりで見るかぎりのことだったのだが。

ずっと水は当然流れている——だが、場所によっては、下が全部水なわけではなく、隆起していて、そのまんなかだけに細い水路が流れているようなところもあるようだ。かなりはっきりと陸が続いているらしいところもある。

グインは非常に神経質にもなっていたが、しかし非常に興味津々であたりのようすを眺めていた。それは一種、素晴しい地下宮殿、とさえもいいたいような眺めではあった。むろん、地上の宮殿のように華やかな装飾品や、タペストリや、金銀のかざりなどは何もついていなかったが、しかし、宏壮さとすさまじいばかりのスケールにおいては、地上よりもはるかにどこまでもどこまでもひろがっているようだった。むろん暗くて、燭台のあかりが届く範囲までしか見えないのだから、その「どこまでもどこまでも」というのも、あくまでも想像にはすぎなかったが、しかし、なんとなく、空気のなかには、かなりのひろがりが感じられた。そして、風がときたま強く吹き付けてくるところから察して、明らかに、空気の流通は活発だった。

グインはそっと燭台をかざして、とりあえずおのれの立っているあたりをよく調べてみようとした。その瞬間、グインは思わずぎょっとなって、息をのんだ。

（これか……）

これが、あの哀れな幽霊公子、ユーリ・タイ・リーの本当の姿だったのだ。

妙に見覚えのある、びろうどの毛布に白いチュニックを着た小さな、もとは人間のかたちをしていたらしい残骸が、切り穴の真下より少し横の、やや陸地があって、円柱のような石の自然の柱があるあたりに、その柱になかばもたれかかるようにしてころがっていた。だが、それがもと人間だっただろう、ということを明らかにしてくれるのは、そのぼろぼろになった毛布と、もとは白かったのだろうとかろうじて解る程度のチュニックのおかげだけだった。それはただの人骨にすぎなかった——腐敗して、それから崩壊したのか、それともなにものかに食われてしまったのかわからないが、ぽかりとうつろな眼窩が開いている小さな貧弱な頭骨に、わずかばかりの黒い髪の毛が付着しているだけで、あとは、ぼろぼろの骨をその布が包んでいるだけだった。それでも、確かに、腰から下のようすが普通とは違っていることはすぐわかって、それゆえ、それがユーリ公子の骨であるらしいことはすぐわかった。

それはだが、ひどく小さかった。まさに、十七歳というより、七、八歳、といったほうがいいくらいに、小さな小さな人骨であった。グインは、奇妙な深いあわれみにまたしてもとらえられ、ユーライカの警告じみた動悸が腰から伝わってくるのをもふりきって、そっと片手拝みに、(安らかに眠れよ)ととなえてやらずにはいられなかった。幽霊のさいごの望み——(いつまでも、一緒にいて永遠の無聊を慰めて……)という望みにこたえることは、グインには不可能であったが、しかし、グインは、はるかな昔のあまりにも不幸な短く無残な生涯をおえた少年公子の魂よ安かれ、と祈らずにはいられなかった。

それから、グインは、燭台の光をそこからはなして、反対側へそろりそろりと歩き出した。風が吹き付けてくる、そのみなもとのほうにむかって歩き出したのだ。水もまた、そちらにむかって流れているように感じられた。水が流れてゆく方向、そして風が吹い

てくる方向とあるからには、そちらには、明らかに、《外》への手がかりがあるのだ。もし出来るものなら、グインは、なんとかして、地下水路だけを通って、オロイ湖に脱出できる方策を見つけたかった。幼いスーティとかよわいフロリー、そしてタイス伯爵の寵愛著しいマリウス、という三人を連れて、リギアとブランと三人だけで無事に脱出出来るとしたら、もはやそれは、この地下水路の力を借りるしかないだろう、とグインは早くから思い決めていたのだ。

それは、まだ幼いスーティや、かよわいフロリーには、かなり厳しすぎる試練となるかもしれぬ。それはなみやたいていの冒険ではないはずだ。だが、万一それであえなく地下水路のなかで果てるとしても、それはそれで、あくなき自由への挑戦の結果である。

（少なくとも、このままこのおぞましい頽廃の都で閉じこめられたまま生き腐れてゆくよりは、はるかにマシであるはずだ……それに、俺がいる。俺は決して——俺の持てるありとあらゆる力をふりしぼって、少なくともスーティをそのまま地下水路のなかで恐怖のうちに朽ち果てるようなことにはさせておかぬ）

（たとえこの身は果てるとも、この俺の内蔵する不思議な、どこからくるとも知らぬ力のすべてを使いはたしてでも——スーティだけは、守って——無事にタイスから脱出させてやる……）

（そしてまた、スーティ自身の運あらば……そして俺はそれがあると信じているのだが、そのスーティの運に守られて、必ずや我々はこの呪われた都から脱出するを得るはずだ……）

なぜ、そのように思えるのか、グイン自身にもよくはわからぬ。

だが、グインは、奇妙なくらいはっきりと、スーティが「特別な光の子」であることを確信していた。スーティを愛おしい、可愛いと思うからというだけではなかった。

(あの子は、何か……おおいなる使命を持っている……俺とブランがいのちがけで戦っていたときの、悲鳴ひとつあげるでもなくじっと俺とブランを見つめていた、あの子の目、それを俺は決して忘れぬ――）

（また、やにわに命知らずに二人の剣のまっただなかに飛び込んできた、あの勇敢というよりあまりに無謀なおこない、それも忘れぬ。――普通の、なみのあの年齢の子供に出来るようなことではない。あの子を見ていると、つねに俺は思うことがあまりに多い――『これはなみやたいていの子供ではない』とだ。あの子は、《なにものか》だ――そうである以上、あの子は決して、地下水路でうろくずの餌食になどなって果てはせぬ。……わずか三歳にもならぬうちに、そのいのちをあえなく落とすような運命は、おそらくあの子は持っておらぬ……）

（あの子はおそらく、中原の運命をかえる……だからこそ、俺は――何があろうと、あの子を守ってやらねばならぬ。あの子は……もしかして、これは俺の直感にすぎぬが、あの子は、おのれのあの不幸な血に飢えた父親が、不幸なゆがんだかたちで中原にもたらしてしまったものを、是正し、すべてをあるべきすがたにするよう、宿命づけられ、命じられてこの世に送り出されてきた、《運命の子》かもしれぬのだ……）

そう思えば、なおのことに、何としてでも、スーティを無事にパロへ逃がしてやりたい。

パロへともなうのが正しいことであるのかどうかは、グインにもわからなかったが、ただひとつ確実に云えるのは、このタイスにスーティとフロリーの親子をおいておくことは、まったく間違っている、ということだけであった。

（そのためにも——この地下水路を、俺がなんとかして……この地下水路の使い方を、うまく覚えて——利用せねばならぬ。もしそう出来れば……おそらくは……ここが唯一の、可能性のある脱出路となるはずなのだから）

もしも、グインでないもの——もっと気弱な、もっと迷信深い、あるいはもっと勇気のないものであったなら、もうただ、この地下水路にこうして降りてきて、ちょっとでも踏み迷ったがさいご、二度と地上にはのぼれずに、残るいのちをただひたすらこのあやしい地下の洞窟のなかで出口を求めて狂いながら過ごさなくてはならぬ、というこの事実の圧倒的な恐怖に、すでに狂ってしまったかもしれぬ。

また、狂いはせずとも、道を見失う恐怖に、あの切り穴を見捨てて、それが見えないところへ向かって足を踏み出す勇気をどうしても持てなかったかもしれぬ。

それだけではなく、この地下の水をたたえた洞窟は、ひどく——《鬼気》としかいいようのないような、ぶきみきわまりない空気に満ちていた。

ちょっとでも敏感な、あるいは霊感のある人間であれば、とてものことに、このなかに、二分《タルザン》以上はいたくもない、と思うであろうような、それほどに露骨にぶきみな空気だ。

いったいどこからそのような音がするのか、水と空気と、それに洞窟の具合のせいでそうなるのか、たえず、この暗い洞窟のなかでは、どこかから、ごわーん、ごわーん、というような音がひそやかに響いているようであった。本当にそういう音がしているのか、それともその威嚇的な音は「しているように聞こえる」だけであるのかも、わからなかったのだが。

そうして、また、その空気のなかにはしょっちゅう、ひどく冷たい何かがひそんでいて、さっとグインの頬やむきだしの胸をさかなでして通ってゆくのであった。それは、とうてい、ただの風だとは思えなかった。

その上に、グインがかざしている燭台の炎だけがこの地下牢でのおぼつかない唯一のあかりであったが、それのあかりさえも、たえずそのひんやりとした、妙になまぐさくもある風はかき消してゆこうとはかっているようであった。おまけに、そのあかりが照らし出す、おぼつかない光がうつし出す光景は、一瞬として、見るものの心をおののかせ、ふるえあがらせ、怯えさせずにはおかぬような、そんな光景であったのである。

確かに、タイスのものたちは——少なくとも歴代の支配者たちは、ためらうことなく、ふんだんに、きわめてたびたびこの地下水路、地下洞窟を容赦ない処刑の場所として、最終的な拷問の場所として使用してきたのだった。その証拠が、いたるところにあった。

そろりそろりと歩きながら、あかりをむけてみるたびに、グインの目に入るのは、地下水路の水のなかになかば洗われたように白くなって光っている人骨だの、半分上体だけを自由と光に憧れるようにのびあがって、鍾乳石のような柱にすがりついている死体の残骸だの、堆積した、ばらばらになった古い古い人骨の名残だのばかりであった。あまりにそれがしょっちゅう、あかりをむけるたびに確実に目に入るので、もうさいごには、グインの心さえも、まったく動かなくなってしまったほどであった。

あかりで照らし出されるそのむざんな死体は、いずれも水につかっていない部分には衣類の残骸をまとっていたが、それほどよく見えたわけではなかったけれどもそのおぼろげなあかりだけからでも、それが実に雑多な時代や国や地方の衣類であるらしいことはすぐわかった。ことに、昔のクムの衣裳とおぼしいものはたいへん古びた仰々しい絹にたくさんの刺繍などがあるものであったので、ひと目でわかったし、まだけっこうかたちの残っている死骸のまとっているのは、もうちょっといまふうな、透き通った布やきらららかな紗、そしてまた、金糸や銀糸を織り込んだ高価そうな布などであったので、それがかなり最近の犠牲者であることがわかる、というふうだった。

たいていの古い死骸はもう、完全に白骨と化してしまっていたし、そうでないものも、水につかっている部分はおそらくもう完全に腐敗したり、水にひきちぎられたり、魚に食われたりしてぼろぼろになってしまっていたが、意外と風通しがよくてひんやりとしているせいか、水から出ている分の死骸は思ったより保存状態がよいようであった。なかには、ずいぶんと新しい死体もあって、それこそこの一年とはたたぬ、いや、ひょっとしたらこの一ヶ月内外のうちにここに落とされて苦悶の死をとげたのではないか、と思われるものさえもあった。そうしたまだ新しい死体は、グインがあかりをむけるとうらみの形相ものすごく、末期の苦悶のすさまじい苦しみの表情のまま、うつろな目から溶けだした眼球が頬にこぼれおちていたりして、これまた、グインでなくば、何回悲鳴をあげて失神しても足りぬところであった。

だが、グインは、あるときからもう、おのれの中の、ものに驚く回路をぶつりとおのれで切りはなしてしまったかのように、何をみてももう心を動かさなかった。また、半端にここで心をいちいち動揺させていては、それこそ、グインの守ろうとしている大切なものたちのいのちにもかかわる。そのこともよくわかっていた。

グインは、もう、いちいちかれらにあわれみをかけることもなく、ただそっとその魂のやすらぎがいつの日か訪れることを念じながら、静かに音もなく地下水路のなかをゆっくりと、風のくる方向へ進んでいった。

途中で、グインはふっとあかりをむけたとき、おそらくは死んでから一年か二年は経過しているのだろうと思われる、まだそれほど古すぎもせず、といって生々しく新しくもない、男性の遺骸を見た。それはもとは闘技士であったらしく、からだに革のマントと剣帯をまとい、そしてその剣帯につるされた中型の平剣が、グインの目をひいた。

グインは少しためらい、それから、思い切って手をのばして、そっとその剣をさやごと、剣帯からひきぬいた。それはさいわい剣帯にくりつけられているのではなく、ただ差し込まれていたので、簡単にぬけた。それを手にとると、グインはその戦士のなきがらにむかってそっと拝む手つきをし、そしてその剣を腰のおのれの剣帯に差し込んだ。

この武器を得たことが、グインにあたえてくれた安心感ははかり知れぬものがあった。この地下水路には、ガヴィーと呼ばれているあやしい白いワニの怪物だの、ほかにも、かなりあやしげなもの——ぶきみなえたいのしれぬ敵どもがひそんでいることを、すでにグインは、ロイチョイのものたちのうわさ話できいていたからである。

（もともとは地下水路で偶然発見された白いワニ、ガヴィーなる肉食の怪物を、わざわざ育ててふやし、この地下水路の守護者、衛兵がわりにそこにたくさん放った伯爵はいたそうだがな。そのガヴィーの末裔が、いまもなお紅鶴城の堀割に住んで、というかそ

こで飼育されていて)
(タイスのおきてにより、タイスを脱出することが出来ぬと知ったものたちが、絶望にかられてあちこちにある入口から地下水路にもぐりこみ、なんとかしてオロイ湖に抜けだしてタイスを脱出しようとした話というのがあとをたたぬ。だが、それは、ひとつとして成功したことはない、とされているな。なぜなら、地下水路には、白いガヴィーをはじめとして、たくさんのえたいのしれぬ水棲の住人がひそんでいて、そこでかれらなりの平和な日々をいとなんでいるそうだし、そしてまた、ラングート女神の末裔たる、不気味なカエルと人間のあいのこのようなラングート・テールなる怪物が、タイスの守り神として、地下水路を徘徊している、という伝説もある)
(その《お山》の真下というのは、なんでもキタイにまで通じる謎の穴があり、大陸の反対側までつきぬけているっていう——もちろん伝説だよ！　そんなことがあるわきゃないだろう。だいいち、もしそんなことがあったら、そこからなんでもかんでも飛び出してきちまって大変じゃあないかね。だけど、そういうたいへんな秘密の抜け道がある、っていううわさもあるし、なかなか大変だよ。——そのへんには、地下水路に住んでる《水賊》一味と呼ばれてるやつらもいて、それはもう、長年水のなかで半分以上つかったまま暮らしてきてるから、本当の意味じゃ人間じゃないとやら、例の白いワニ、ガヴィーを飼い慣らして家畜にし、おのれらの手下にしてるとやら……いろんな伝説がある

んだがね)

ロイチョイの屋台の親父も、サール通りのあやしい土産物屋のおばばも、さまざまなあやしげなうわさ話をグインに聞かせてくれたが、そのなかで共通していたのは、ひとつ、「ガヴィーという白いワニ」についての話であった。

《水賊》はともかくとして、その「ガヴィー」のほうは、かなり、本当にいるという信憑性が高いと思わなくてはならぬ。

そして、グインは、おのれの持っているあの《スナフキンの魔剣》については、すでに、それが妖魅、変化を切るにはふさわしくとも、そうした現世の、肉体をもつ敵どもを切るためのものではないのだ、ということをよく理解していた。また、そうしたものを切ることで、せっかくの魔剣が力を喪ってしまったりすることを、グインはおそれていた。

それゆえ、この「現世のものを切る剣」を手にいれたことは、グインをこの上もなく勇気づけた。同時に、それまでずっと感じていた、この、あやしい物音や、ぶきみな気配、ぞっとするような鬼気や冷たくなまぐさい意味ありげな風などがひっきりなしにおこっている場所への本能的な嫌悪感と気後れと恐怖心とも、あらかたおさえつけることが出来た。消えたわけではなかったが、(何があろうと、俺はこれさえあれば大丈夫だ)と、そのようにグインは感じることが出来たのである。

それゆえ、グインは、その剣の柄に手をかけ、それをぐっと握り締めて、ひさびさの安堵感を心地よく味わった。そうして、勇気百倍して、あらためて、また燭台をかざして、じっくりと地下水路を探検する冒険行の続きにかかったのであった。

4

じっさい、それにしても、そこは、神経にさわるところであるとは云わなくてはならなかった！

グインがふりむいてみると、もう、すでにグインはゆっくり歩いてはいたが、それでもけっこう進んできていたので、さっきの切り穴はもうどこにも見えなかった。

そして、あたりは一面に、ぶきみな闇にとざされていた。だが、本当の真っ暗闇ではなかった。

もしも本当の真っ暗闇で、このグインのかざす燭台だけが唯一のあかりであったのなら、かえってそのほうがマシであったかもしれぬ。だが、この洞窟は、どこもかしこもではなかったが、ところどころに、何か青白く光るヒカリゴケのような物質、おそらくは本当に苔のたぐいなのだろうが、それがへばりついていて、それは水の底にもあったし、壁の岩にもくっついていたし、また柱にも生えていた。

それで、この地下の広大な洞窟はあちらこちらがかすかに青白く光っていて、だがその青白い光はあたりをむろん明るく照らし出すほどのものではなかったので、それで、あちこちがちかちかと光っていて、かえってひどく不気味であった。その青白いほのかな光が、その下にたいていおぞましい死骸のありかを示しているとあっては、なおのことである。

そしてまた、水のなかにも青白く光るものが、シュッ、シュッと目にもとまらぬはやさで泳いでいたし、また、天井の岩壁や横の壁、鍾乳石のようなさまざまな奇妙なかたちをした、でこぼこの石柱の上などを、すばやく走り抜ける、虫か、それとも蜥蜴のたぐいかとおぼしい生物もいた。それはなんともいえぬぶきみな眺めであった。

ときたまちかちかっと、何かそういったぶきみな生物の真っ赤な目や、緑色の小さな目が光った。だがそれらは異様なまでにすばやく、決してグインの燭台のあかりの円周には入らなかった。

そのあいだにだが、あきらかにこれは俗にいわゆる《人魂》というものか、としか思われぬような、ふわふわとした、まことにおぼろげで、ちゃんと目をむけるとふっと消え去ってしまう、青白いりんの玉のようなものが、これまたふっと風にあおられるようにして、この洞窟のなかをさまよい、漂っていた。それもだが、気のせいのようにも思えたし、それでいてひどく不吉な感じもして、なかなかに神経にさわる現象ではあった。

その上に、どこかでひっきりなしに、ポタリ、ポタリ、と水がしたたっていたし、それをかきけすようにちょろちょろとしたせせらぎの音もしていた。そしてまた、ごおーん、ごおーん、という、何か空気があおられているような、深い深い地の底で何かの怪獣が呻いてでもいるかのような音も、たえまなく続いていた。

それだけではなかった。しだいにこの地下の魔窟に馴染んできはじめると、魔窟そのもののほうも、グインというこの生命ある椿入者に馴染んできたのか、少しづつその《本当の貌》を見せてきはじめているようであった。

かすかに、絶望的な啜り泣きの声がきこえた――

(出して。出して。お願いです。もうしませんから……もう何も決してあらがいませんから、ここから出して、お願い)

(苦しい。からだが燃える。やけつくようだ……助けて、助けてくれ)

(お慈悲を。お慈悲を。お願いです……最後のお慈悲を……)

(ああ、ああ――ああ、ああ……ああ、ああ……)

(助けて……お願い、誰か助けて……)

(お父さん、お母さん。お父さん、お母さん)

(伯爵さま、お願いです……)

(誰かきてくれ……誰か――ああ、魚めが、俺の足を食っているんだ……このままでは俺は動けぬまま、生きたまま魚に食われてゆく……足を折って動けないのだ。その血のにおいをかぎつけて、このいやらしい魚どもと虫どもが――ああ、俺を食っている。俺の肉を食っている……）

（は、は、はははは！　は、は、ははははは！）

なかばすでに恐怖に狂ってしまった哄笑や、いたましい絶望の叫び、恐怖にみちた哀訴、そして苦悶と断末魔の呻き。

それらの恐しい物音が、この地下の地獄には、いやというほどみちみちていたのだ。

「キャーッ！　アアアーッ！　誰か、誰か助けてえ！」

おそろしく生々しく、はっきりときこえる悲鳴に、さしものグインも思わずそちらにむかって駈け寄って燭台をさしつけると、たちどころにふっと、永劫に耳をつんざいているかとさえ思われた悲鳴と絶叫はやみ、そしてグインのむけた燭台のあかりが照らし出したのは、世にもむざんな、断末魔の形相ものすごい顔一面を虫どもに食われてうつろな眼窩から虫がはみだしている、まだそれほど死んでから時のたっていなさそうな若い女の死体でしかなかった。

その豊満であったろう乳房からも、虫どもが這い出してきて、時ならぬあかりに恐慌をきたして安全な暗闇に逃げ込んでゆくさまを眺めながらグインは唸った。疑いようもなく、ここは、ひとつのドールの地獄のありように違いなかった。

（くそ……）

だが、グインはそれらの呪詛と恐怖と怨讐と、そして妄執と苦悶の悲鳴や呻きや嘆き、永遠にこの地獄をさまよっている、報われぬ幽霊どものさけびに耳を貸すいとまはなかった。燭台のあかりを頼りに、グインはしきりとあちこち、主として天井のほうへあかりをむけては、そろりそろりと歩いていった。

ときたま、あきらかにこの上はどこかのあげぶたになっているようだ、と思われる場所があった。それは、四角やまるい切り穴のかたちに、ほのかにその上からのあかりが、差し込んでいたからである。思ったより、それらの切り穴、あげぶたらしきものは、ひんぴんとあった。といって、いたるところにあるというわけでもなかったし、なかにはとても高いところにあって、いかにグインといえど、いくら飛び上がってもそこには手を届かせられまいというものもあった。

グインはしだいにこの地下道を歩くことに馴れてきはじめていた。水は基本的にくるぶしまでくらいだったが、時には膝くらいまでになり、そういうときには、ふいに足を何かの餌と間違えたらしい魚の鼻先がつつくのを感じて飛び上がることもあったが、しかし、それらの魚はグインが足をふりまわすとあわてて逃げていった。いまのところ、どこにもぶきみなその白いガヴィーの怪物はあらわれてはこなかったし、そういう殺気めいた気配も感じなかった。

ぽちゃん、ぽちゃんという水音のしたたり、そして、かすかな、ごおーん、ごおーん、という得体の知れぬ音、そして、遠いかすかな幽霊どもの啜り泣きや呻きやうらみごと――そして青白いりんの玉の乱舞はひっきりなしに続いていた。だが、それにもしだいにグィンは馴れてきて、何の恐怖も感じなくなってきていた。むしろグィンは全身全霊をあげて、正しい方角をさぐることに力をあつめ、それと同時に、いつなんどき、あやしの怪物が襲いかかってくるやもしれぬと、油断なく周囲にもうしろにも上にも気を配っていた。

その気配りを、しておいてよかったと感謝せねばならぬときがたちまちやってきた――最初の襲撃はまさしく、何のまえぶれもなかった。

「キキキーッ！　キキーッ！」

いきなり、あやしいつんざくような、超音波じみた声とともに、頭の上から、何かバサバサという羽音をたてて襲いかかってきたものがあったのだ。いきなり、その羽風であおられ、燭台のあかりが二つ消えた。

暗くなったとたんに、さらにもうひとつが襲いかかってグィンの顔をねらってきた。えたいの知れぬ分、始末が悪かった。グィンはとっさに燭台を剣がわりにつかって相手に叩きつけた――確かな手ごたえがあって相手が壁に叩きつけられ、意外にもろくぐしゃりとつぶれるのがわかった。もうひとつは、グィンの肩にへばりついて、何かを突き立ててこようとしていた。

グインはわめき声をあげてそれを片手でむしりとった。動きはすばやかったが、それはかなり小さかったので、とらえるのにそれほど難儀はしなかった。だが、燭台のあかりはその激しい動きですべて消されてしまった。グインはつかんだやつのぐにゃりとした、冷たい、羽毛とも毛ともつかぬ手ざわりの気味悪さにぞっとしながら、そいつを思いきり、手近の壁に叩きつけた。

「キーッ！」

ふたたび、異様な声を上げてその小動物はまたぐしゃりとつぶれたようだった。グインは、もう他のやつが襲ってこぬのを確かめてから、いそいでかくしから火打ち石をとりだし、唯一の頼みの綱というべき、燭台のロウソクに火をうつした。そのへんはあいにく、くるぶしと膝のまんなかくらいまで水のあるところで、おまけにたいらなかわいた地面はどこにもないようすだったから、燭台に火をうつすためには、グインは膝をとじてそのあいだに燭台を濡らさぬようにはさみ、そうして、一瞬完全に無防備になる危険をおかして火打ち石を使わなくてはならなかった。

だが、幸いにして小怪物どもはそれきりかかってはこなかった。燭台のロウソクにまた無事に火がうつると、グインは、いまおのれが叩きつけた壁のあたりを照らし出してみた。

「ウワッ、気味が悪い」

思わず、グインの口から低い呪詛がもれた。壁の、いかにも火山岩らしい穴のいっぱいあいた岩に、なかばつぶれて叩きつけられている、そのグインに襲いかかってきたやつは、グインの掌ほどの大きさしかなかったが、ぶきみな蝙蝠の羽根のような翼を、掌くらいの大きさのぶよぶよしたヒルにくっつけたようなしろもので、しかも、それには、背中一面に固い短い、トルクのような毛が生えているようすだった。それはまるで、蝙蝠とヒルとトルクのあいのこのようであった。

それに、それはあきらかに吸血であった。その頭とおぼしいところにある吸盤状の口は、もう死んでいるはずなのにまだうねうねと、物欲しそうにうごめいていたのだ。グインは呪詛のことばをまたしても吐き捨てると、思わず胸の裸の皮膚を隠すように、マントをかきよせて、前であわせた。この地下水路のなかでは、裸でいるのは相当に危険なことらしいとわかったのだ。

よく見るとその気味の悪い妙なキメイラのような生物は、けっこう、岩陰などにうようよとひそんで、互いにかさなりあってうねうねとうごめいたり、シュッと羽根をひろげて飛んで反対側の岩にへばりついたりしていることがわかった。ことに、いまグインのいる一画にことさらそのいやらしい小怪物がたくさん群生しているようであった。

グインは低くうなり声をあげると、いそいでそこからはなれた。

こんどは、だが、少しづつ、水位があがって――というか、水深が深くなってきているようなのが、グインにかなり不安な気持ちを起こさせた。あまり水深が深くなってしまうと、最終的には首を出して息をつぐことが出来ないようになってしまうかもしれず、そうなると、どうあってもそこから引き返さざるを得ない。すでにあげぶたが何ヶ所かあることはわかっていたが、グインの目的は、紅鶴城の地下を安全に誰にも知られずに歩き回ることだけではなかった。最終的には、グインは紅鶴城の地下を通って、安全に、誰にも見つからず、追手もかけられずに、オロイ湖へ逃れ出、そうして、ドーカス・ドルエンの提供してくれた隠れ家に無事にもぐりこんで、そこからオロイ湖をわたる船に乗って一目散にタイスをあとにしたかったのだ。

そのためには、あげぶただけではなく、ちゃんと、オロイ湖に通じているはずの、この地下水路の《出口》を知ることがどうしても必要であった。

(地下水路に入っていって迷子になって、無事に出てきたものはいないんだからさ)

(絶望にかられてあちこちにある入口から地下水路にもぐりこみ、なんとかしてオロイ湖に抜けだしてタイスを脱出しようとした話というのがあとをたたぬ。だが、それは、ひとつとして成功したことはない、とされているな)

シカ婆さんや、屋台のエン親父のいったことばが不吉に耳によみがえりはするが、しかし、グインは、やってみないで諦めるつもりなど毛頭なかった。

(しかし、くそ……)

どのくらい歩いてきたのだろうか。

あまり地下水路を徘徊するのが長くなると、おのれの不在がタイ・ソン伯爵に気づかれてしまう。

その場合には、フロリーとスーティ、そしてブランやリギアの身に危険が迫ってくることになる。当然、ガンダルをグインが水神祭りの闘技会で倒すことだけを念願にしている伯爵は、グインだけは決して逃がすまいと思うであろうからだ。下手をすれば、（グンドをどこへ逃がした？）と、何も知らぬブランやリギア、フロリーたちが拷問にかけられる恐れもある。

そうなる前に、いったんはともかく帰らなくてはならない。少なくとも、脱出する方策をたてたのちには、確実に戻っていなくてはならない。タイ・ソン伯爵はタリク大公を迎えて、今宵一晩は饗宴をはるのだろうが、どういうきっかけでまた、グイン——いや、グンドに関心が戻らぬものでもないし、また、グンドの不在に気付いた誰かが余計なお世話にも、タイ・ソン伯爵に御注進に及ばないとも限らない。グインの気がかりは、はてしがなかった。

だが、ここでそのようなことを心配していたところでしかたがない。グインは、一応、どこでどう曲がった、ということは覚えているつもりだったが、しかしどちらにせよ、もとにもどってあの切り穴から外に出ても、そもそもがあそこの一画——幽霊公子ユーリが閉じこめられていたところへは、道に迷ってさまよいこんだだけのことにすぎない。むしろ、グィンとしては、違うあげぶたを探し出して、なんとかしてそのあげぶたをあげ、無事に素知らぬ顔をして自分のすまいにあてられているあの一画に戻っていたい。

もっとも、知らぬあげぶたをあげることにはそれなりにかなりの危険がともなっていた。それが無事に開くかどうか、まったくわからなかっただけではなく、それがグィンの金剛力であけられたとしても、それをあげるときには、その周囲がどういう状況になっているか、ひとがいるのか、どれほどひとがいて、どのあたりに出られるのか、というようなことは、まったくグィンには、はかり知りようがなかったからだ。もしも、大勢の人間が見守っている真っ只中で、のこのことあげぶたをあげて首を出してしまったりしたら、それこそ、「自分から鍋のなかに飛び込む魚」も同じことだった。

(いや――だが、いまはまだ、そんなことは考えているどころではない)

グィンは、突然目のまえで、ぐんと地面が落ち込み、かなり、これはもうはっきりと「池」とか、「地下の湖」とさえいってもいいのではないかと思うくらい、たぶんグィンの胸くらいまでもきてしまいそうなくらい深くなっている、その湖畔、とでもいったところにつきあたって、足をとめた。

むろん、地下洞窟は湖畔のほうだけではなく、手前の左右にも分かれ道になってひろがっている。まっすぐに、一番広くなっている道をおりるとすぐにそこはもう、「深い、暗い湖水」としかいうしかないような大きな、むこうの見えぬくらいの水が、そのなかからにょきにょきと石柱が生えだしているまま、けっこう遠くまで続いているようすだ。

グインは、そのまま一応陸といっていい、足首くらいまでの水深の続いている、左か右のほうへ曲がってゆくか、それともあえてこの深い《地下の湖水》に踏み込んでゆくか、かなり迷って、一瞬立ちすくんだ。

迷うのは当然であった。この水がどこまで続いているのか、グインには知るすべもない。それに、そこを泳いでわたるのはグインには造作もないことでも、水中にこそ、どのような怪物がひそんでいるかわからぬ。

そして、陸上よりも、水中で襲われるほうが、分が悪いのは確実だ。それに、当面はそれほど深くなくても、足のたたぬほど深くなっているあたりにきたら、ますます、そこでたとえば例のガヴィーに襲われたら、剣とても抜きようがない。その上に、グインは、燭台をかざして立ち泳ぎしてゆかねばならなくなる。ロウソクは濡らしてしまえば用をなさぬだろう。

(どうしたものかな……)

だが、また、皮肉なことに、湖水の向こう側には、かすかなあかりのような——これまでになくはっきりとした、ちかちかとまたたくあかりのように見える光が見える。それこそはこの呪われた地下洞窟の出口なのか、と充分に期待をもたせるような光だ。

その上に、しんとしずまりかえったこの《湖水》の向こうから、風が吹き付けてくる。その風は、さいぜんからこの洞窟のなかを満たしている、ぶきみななまぐさい、いかにも怨霊どもの怨念が凝り固まったかのような風ではなく、さわやかな、外気を思わせる風だった。ということは、ますます、あの、この水の向こう側まで渡りつければ、そこに、もしかしたらオロイ湖への出口が、少なくともその手がかりがあるのではないか、と思わせる。

（もう、どのくらい時がたったのかな……）

グインは、一瞬、彼にしては珍しいほどにためらいながら考えた。

（たぶん、もう――小半刻以上は歩いてきているだろう。……だが、おそらくは、まだそんなに夜が遅くなっているようなことはないはずだ。タリク大公の御前に召し出されたのは、あれは、まだ昼――夕方とまでいうほどは遅くはなっておらぬ刻限だったはずだ。そのあと、ガンダルとのやりとりがあり――そして、あの幽霊公子ユーリのためにどのくらい、時を費やしてしまったかはわからぬが……そうだ、あの室で、俺がユーリの呪縛をなんとか断ち切って、窓をあけたとき、すっかり夜になっていた――）

（そしてそのあとずっと歩いている……もしいま、一ザンくらい歩いていたとすれば、もう一応、夜ではあるが――だが、まだ、深夜、というほどではないはずだ）

（もしもとても運がよくば、タイ・ソン伯爵はタリク大公を接待するのに気を取られ、もう俺に対しては、次に召し出すときまでは何も興味をもたず、誰にも俺のありかなど確かめずにいてくれるかもしれぬ。――もしも、もっとも運よくゆけば、ということは、次にタイ・ソン伯爵が俺の不在に気付くかもしれぬのは、明日の朝……ということになろうか）

（いや、そこまで楽観してしまうのは、さすがに無理かもしれぬが、だがどうせ、どちらにせよ危険はすでにいままででもおかしてしまっているのだ。もし、またしても俺を呼び出そうというような話になったり、俺のありかが確かめられたり――俺のおらぬことが告げられてしまったりしていたら、それはべつだんもう、いまのこの時点で充分にほかのものたちは窮地にたっているということになる。――だが、また、何食わぬ顔で戻っていることが出来れば……それとも、どこかをうろついていて見つかったとしても――俺はおそらく、あの幽霊公子の話をして、申し開きが出来るだろう。そうだ、俺が地下水路を探検していた、ということさえ悟られずにすめば、俺はおとなしくおのれの室に戻ろうとしたが、道に迷い、いや、あの幽霊に呼び寄せられてあの一画に迷い込んだ……そうして、いつのまにそんなに時がたったのか、知らなかった、といえば――おそらくあの幽霊公子の幽霊の存在は、この紅鶴城では、知る者ぞ知る、いや、本当は、むしろ知らぬものとてないほどのものではないか、という気がする。――あの話をすれば、おそらく申し開きはできる。だが、それも――ブランやリギアや、ましてやフロリ

ーがあまり痛い目をみせられたりせぬうちに戻ってやらねばならぬ）

（ということは、どちらにせよ、なるべく早く戻ったほうがいいということだ。だが、ただ、いま戻っていったのでは、まったく意味がない。――なんとしてでも、俺は、ここからオロイ湖へ出てゆく出口を発見して、そして戻らなくてはならぬのだ。よし）

心が、決まった。

グインは、いきなり豪胆にも、燭台の、ロウソクのあかりを全部ふっと吹き消してしまった。

たちまち、あたりは闇につつまれる――だが、逆にむしろ、ロウソクのかぼそいあかりが消えたあととなると、あたりの岩や岩天井や、あちこちをぶきみにぼんやりと光らせているヒカリゴケの明るさが、多少きわだってくるようであった。それゆえ、思ったほど、真の闇に包まれる、ということはなかった。

それに、グインの目は、かなり夜目がきくように出来ているようだ、ということに、グインはいまさらながら気付いていた。グインはあまり闇の暗さに難渋することもなく、かくしがわりにしていた臨時の包みを腰からはずし、マントをぬいでそのマントに、燭台もろとも包み込んだ。まだ熱いロウソクの先端は、そっと水をつけてさましてから包み込む。そして、そのマントでぐるぐるとそれらの濡らしてはならぬものをすべて包んで荷物にすると、それをグインは頭の上にくくりつけた。

そして、腰から、さきほど戦士の死骸から拝借した剣をぬき、鞘は荷物のなかに通し、そして抜き身の剣を口にくわえた。

(ヤーンよ、守り給え——もしも正しくスーティがルアーの御子であるならば……ルアーよ、御身も守り給え)

グインは、そっとつぶやいた。

それから、しかし、なおもちょっとためらって、左右の道をすかし見た。もうロウソクのあかりも消えてしまっているので、もう、その両側の道には何があるのか、さししめす手掛りとてもまったくない。そちらは、おぼろげにヒカリゴケがあちこちにへばりついているといいながら、何も気配もない、細くなった道が、それぞれに下のほうにむかって、くるぶしくらいまでの水がちょろちょろ流れる通路になって続いているようだ。

(ええい、もし万一これが間違った選択だとしても——ままよ、それはそのときのことだ。迷うな、グイン——お前はいつだって、お前の信じるままに進んで、そして、それが正しかったのではないか……)

グインは、いまこの期に及んでひるみたがるおのれの心を笑った。

そして、かすかにまたヤーンとルアーと、そしてヤヌスの守護をとなえると、思い切って足をそろりそろりと深い水に踏み入れた。

水に足をひたした瞬間に、何か奇妙な、ぞっとするような感覚がグインをとらえた。

多少、それは、（行くな……）というおのれ自身の直感の警告であるかにも思われたし、だが一方では、それは、水そのものが、そのなかに飲み込んだ無数の死者たちの怨霊ともども出している、生命あふれる生者の到来を嫌って出した、かすかな反発のさけびであるのかとも思われた。

（ままよ。なるようにしかならぬ）

グインはつぶやいた。

そして、グインは豪胆にも、そのまますると、深い暗渠にたたえられている、暗く黒いどんよりとした水のなかに入っていったのだった。

第四話　地底探検

1

案外に冷たい、そして、あまり濁った感じのしない水が、グインを包み込んでいた。

もはやあかりとなるものはなかったので、グインは暗い水のなかにそのたくましいからだを沈め、マントで包んだ荷物をくくりつけた首から上だけを水に浮かせて、剣を口にくわえたまま、しばらくあたりの様子に馴染むまでじっと探っていた。

水は思ったよりすぐから深くなっていた——最初の数歩は腰から胸くらいまでの深さになってゆくように感じたが、すぐに足が立たなくなった。二タールをこえるグインの長身が足が底につかず、そして頭を水面に出すとはるか上に天井があるということは、この地下水路は、この部分ではおよそ三タール以上の高さがある、ということになる。

(ずいぶんと……深いのだな……)

グインは、静かに五感をすませて、四囲の気配を探った。

それから、ためらっていてもしかたないと、万全の注意を払いつつも、すいすいと水をわけて泳ぎだした。足にまとわされた足通しがまとわりついて、一瞬、脱ぎ捨ててしまえばよかったと後悔したが、だが地上にまたのぼってからは、裸でいるわけにもゆかぬ。

水中は真っ暗だったが、ところどころに何か青白く光るものがあって、グインを鼻白ませた。だがそれが何であるのかは、グインはいちいち見分けている手間をかけなかった。あるいはそれは水底でヒカリゴケの類に付着された、うらみをのんだドクロであるのかもしれぬし、あるいは、すいすいと動く小さい青白い光はさっきから、かなり浅い水路をでも飛び交う鳥のようにゆきかっていた、あの半透明の魚らしいものであったかもしれぬ。

また、遠くのほうには、もっと巨大な青白いものもあったが、ちかちかするだけで動かぬところからみると、それは岩にたくさんのヒカリゴケが生えているのかもしれないし、もしかしたらじっと機会を窺う例の白いワニ、ガヴィーであるのかもしれなかった。いずれにせよ、もうここまできたからには、ひくにひけなかった。やるだけのことをやり、そしておこってくる事態に対処するまでのことだ――と思いきめて、グインはかなりの速度で、あたかも豹の頭をした巨大な魚でもあるかのように地下の湖を泳いでいった。

すでになかば、なんらかの怪異がおこって、グインを足止めしようとすることを、グインは予期していたが、しかし意外にも、なにごともおこらなかった。水はひっそりと暗く、水中から突然足をひっつかむものもなく、突然襲いかかってくる巨大なワニもいなかった。

むろんだからといって油断はしなかったが、いささか拍子抜けのていで、グインはその湖を泳ぎ渡りつづけた。どのくらい泳いだのか、まだグインがそれほど疲れも覚えぬうちに、先のほうに、黒くなっている崖のようなものが見えてきて、この《地下湖水》はいったんそこで終わっているらしい。さきほど、むこうが見えぬほど遠くまで続いている、と見えたのは、その先のほうが暗くなっていたために、暗黒のなかに溶け込んでいたのだろうか、と思えた。

グインは、多少意外の思いにさえとらわれながら、無事にその《湖水》を泳ぎわたり、そして手をかけて、その崖の岩をつかんだ。足が岩についたとき、なんともいえぬ安堵感にとらわれた。

そして、グインはそのまま力づよく崖によじのぼってゆくと、とりあえず、天井はひどく低くてまっすぐに立つことも出来ないくらいだったが、陸上といっていいところにあがって剣をかたわらにおき、そこで思いきり、水からあがった犬をそのままにぶるぶるっとからだをふるって水を切った。

（これは、意外な……）

（あの湖水はまったく、何の害あるものもひそめておらなかったのか。それとも、俺はよほど運よく――それらぶきみな湖水の住人が眠っているか、気付かぬうちに渡りおおせたのか。まあよい）

（ともかく、無事にこしたことはない――一応、何も濡らしておらぬはずだが……）

グインは、案じていた、頭の上の荷物をおろすと、マントをといて、燭台をとりだした。ハサミで、さきほど濡らしたロウソクの芯の先のほうを切り取り、濡れていないところを出すと、あたりの気配に用心しながら、火打ち石で火をうつした。

ちょっと火がつきづらくなっていたが、何回か辛抱づよく火をうつすと、やがてロウソクはぼっとともった。それを他のロウソクにうつし、そしてそれを燭台にそっとさしこむ。かなり短くはなっているが、もともとがかなり長時間用に作られた、太くて長いロウソクなので、まだ半分くらいというところだ。それに、予備のものもみな持ってきているので、つきさえすれば、あかりにはそれほど不自由はせぬ。

ロウソクに火をともすと、グインは片膝をついた格好のままあたりを照らしてみた。

それから、だが、ちょっと失望のうめきをもらした。

ここは、湖水の、終点ではなくて、途中のいわば、袋小路のようになっている一画であったのだ。天井はやけに低く、グインでは立って歩くこともできず、腰を相当かがめなくては先にすすめないくらいだった。それでも、その高さの道がまたそのさきにずっと続いていたが、同時に、さらにそのさきでは、おぼつかぬあかりで照らしてみた限りでは道はもっと天井が低く、狭くなってほとんどつぶれてしまっているようだった。

グインは失望して、湖水のほうを照らしてみた。湖水はかわらずしんとしていたが、あかりをさしつけられると、大慌てで飛び散ってゆく青白い光がいくつもあったのは、やはり魚であったのだろう。あるいは長いものは水ヘビであったのかもしれない。

湖水そのものも、ここで終わったわけではないらしいことがグインにはわかった。崖をみつけて急いで飛びついてしまったが、それは横から張り出して湖水の上に出ている、小さな岬のようになっている部分であって、湖そのものはさらに続いているようだったのだ。

(ううむ……)

グインはがっかりして、ちょっと考えたが、どう考えてもこのさきこうして腰をかがめたまま、しかも先細りになることがはっきりしている洞窟のなかへ入ってゆくことは気が進まなかった。そこでグインはやむなく、またロウソクを吹き消すと、今度は一計を案じたので、一本のロウソクだけ、ちょっとろうをたらしてそれを臨時の台にして岩場の上に立てておき、それをあかりにして残るものをまたもとどおりマントでつつみ、頭の上にくくりつけた。

それから、用心しながら、また、剣をくわえ、そしてそのついているロウソクを抜き取ってそれを右手に持ち、そのままの不自由な格好でそろりそろりと左手を頼りに水のなかへまた降りていった。

するりとまた水のなかに、濡れたままのからだですべりこむと、今度はグインは片手でロウソクをかざしたまま、左手だけで泳ぎ出すという、なかなか困難な芸当にかかった。

むろん、泳ぐ速度はぐっと落ちたが、しかしそのかわりに、おぼつかないとはいえロウソクのあかりであたりを確かめながら進むことが出来るようになった。それにグインは非常に足の筋力が強かったので、足で水を蹴ってすすむだけでも、それなりに先へ進むことは出来なくはなかったのだ。速度よりも、まわりの見える安全のほうをとって、グインはさらにまた湖水を泳ぎ続けた。

今度は、だが、もう湖水そのものは確かに終わりに近づいていたらしい。向こうのほうに、何かぽっかりと、あかり――というよりも明るさのようなものが見えてきて、おおいにグインを勇気づけた。それが外のあかりであるのか、それとも、月明かりでも差し込んでいるのか、巨大なヒカリゴケなのかはわからなかったが、ともかくもそちらにゆけばあかりがある、という事実がグインを元気づけていた。

グインは、さらに足に力をいれて泳ぎつづけた。こんどはこのあたりは、さきに泳ぎわたってきたところよりも、たくさんの生物が水中にひそんでいたらしく、足にからみついてくる何かもいたし、ひらひらとからだにふれていってグインをぞくりとさせたものもいたし、また、つんつんとついてくる魚らしいものもいたが、それはみな、グインがからだをふるったり、左手でふりはらっただけで急いで逃げていった。むしろ、そちらの連中のほうが、《人間》とか、侵入者のような存在にはまったく馴れていない、というように感じられたのだ。

そうするうちに、足がいきなり何かについて、グインをびくっとさせたが、それはさいわい、水底にひそむぶきみな何かではなくて、固い水底の岩だった。グインはほっとしながらそれを足でさぐり、そして、それが岩にまぎれもないことを確かめると、ぬるぬるすべるその岩をかるく踏みしめ、半分泳ぎ、半分その岩を踏むような格好で先にすすんでいった。

比較的すぐに水深が浅くなってきて、グインは今度こそ、また水の少ないところにたどりついたのを知った。向こうのあかりのほうは、逆に、岩場のかなり続いている向こうに見えているようであった。

こんどは天井もとても高かったので、さいごに膝くらいまでしか水のこないあたりまで歩いてのぼると、グインはほっとしてからだをのばし、そして、まとっていた、ぐっしょりと濡れてしまった足通しを、いったん脱いだら二度と着られなさそうだったので着たままその裾をぎゅっと絞って落とせるだけの水をしぼった。

そして、まだあのロウソクがもっていたので、こんどは燭台を出すこともなく、さやだけつつみからぬいて腰のびしょぬれのサッシュにさしこみ、そこに剣を差し込むと、また歩きだそうとした――

その、刹那だった。

(…………！)

なんの予告もなく、何の音もなく、突然、《何か》が襲いかかってきた！

よりによって剣をおさめた瞬間だったので、グインは、剣をあらためて抜くことも出来なかった。また、グインほどの闘士にさえ、《それ》はまったく襲撃の気配を感じさせなかった。

「ウオッ！」

次の瞬間、グインはおめきながら戦っていた――剣を抜くことは出来なかったから、まったく、ただそのからだを使って戦うしかなかったが、相手の持っているのが、短い何か奇妙な剣ともつかぬものだ、ということだけはわかった。ということは相手は人間だ、ということだ。それだけでグインには充分だった。

それに、相手はひどく力が強かったが、しかしグインがびっくりするくらい小さかった。その襲撃者が襲いかかってくるのと同時に、ロウソクのあかりは吹き消されてしまっていたので、あたりは、逆にあかりに目の馴れていたグインには真の闇になってしまっていた。

だが、襲撃者は明らかに夜目がきくのだった。この暗闇に何の痛痒もないように、そいつが何かその武器をふるって襲いかかってくる。グインはただひたすら、鍛えぬかれた直感と修練と反射神経によってだけ、二度、三度、その打ちかかってくる武器をそらしたが、三度目に、すばやくそのあいての武器をつかんだ腕を握り締めることに成功した。

もうこちらのものであった。同時に、グインは、つかんだその相手の腕が、予想よりもずっと細かったことに愕然としていた。

もしも、このような場所でなかったら、(女か!)と驚愕していたかもしれない。だが、同時にその腕は妙にぬるりとしていて、まるでダネインの水ヘビをでもつかんだかのようだった。それが、ぬるぬるして、しかもなんとなくウロコかなにかが生えているように固いことにグインは一驚したが、その感触ゆえにそれがするりと手のなかからすりぬけてゆこうとするのを感じて、とっさにもういっぽうの手をのばしてその少し上をつかんだ。

とたんに相手が明らかな苦痛の悲鳴をあげるのがわかった。声というよりも、動物の鳴き声に似ていた。そして、ふいに、ヒーッというような奇妙な、笛のような声をもらして、そのものが、力をぬいた。

一瞬、グインはあいてをつかみつぶしたか――と手の力をぬいた。そのせつなだった。バシャーンと水音をたててその襲撃者は、少し深くなっている水のなかに飛び込んでいった。そのままバシャバシャと水音をたてて泳いでゆく気配がする。グインはとっさにあたりを見回した。

岩壁に、少しばかりのヒカリゴケが自生していた。グインはとっさにそれをひっつかんで、はがしとった。それを、その水音のするあたりに向かって投げつけた。とたんに、そのヒカリゴケのおぼろげな光が水にふれ、そのあたりが一瞬だけ、ほんの少しおぼろに浮かび上がった。

「ワッ！」

グインの口から、めったには漏れぬ驚愕の叫びがもれた。が、次の瞬間、襲撃者は、まるで巨大なエイのように身をひるがえして、そのまま水中に没していってしまった。

「こ――れは……」

グインは、また暗がりにもどったその岩場に、茫然と立ちつくしたまま、いま瞬間、目にかすかに入った、まぼろしとも、それともあやかしともつかぬ怪異について茫然としていた。

グインの目にかすかにうつったもの。

　それは、髪の毛もまつげも何ひとつない、つるりとまんまるい、まるで頭蓋骨のように青白く丸いだけだが、それでいてちゃんと皮膚のついていることのわかる、奇妙な——人間というにはあまりにもとてつもない《もの》だった。まるい、まんまるい頭に白いまるく見開かれた、何もうつしていないかのような目と、そしてほとんどあるかなきかの、アザラシ《ベアール》のような鼻の穴がふたつ、そしてとがった口らしいものがあったが、あとは何にもなかった。耳はあったのだろうがほとんどとっさでは見分けがつかなかった。それともぴったりと頭にはりついていたのかもしれない。

　そして、グインの見たかぎりでは、それの上体は、やはり青白くつるりとして、まるで、ぶきみな魚の半身のようにしか見えなかったのだが——

（半魚人——まさか……）

　グインは、おのれの目の錯覚か——それとも、本当にあれは、このタイスのあやしい地下水路にすまう、半魚人か、それともあれがうわさにきいた《水賊》の正体なのか——と一瞬のあいだ、思い悩みながら暗い湖水に目をこらしていた。

　だが、それから、はっとおのれをとりもどした。そのようなことを、ここに立ちつくして茫然と考えこんでいられるような時間は、グインにはなかったのだ、ということに突然、思いがいたったのだ。

（うぅぅむ……）

なおも、あの怪物の正体に気を取られつつも、グインはおのれを叱咤して、そのまま探検を続けることにした。とにかく、タイ・ソン伯爵にけどられるよりちょっとでも早く、一刻でも早く、タイスを脱出する方策を発見して、彼にあたえられたあの《牢獄》に戻っていなくてはならないのだ。

ほかにもあの怪物の仲間がそのへんにひそんでいないか、というのが一番気に懸かった。グインはこんどは剣をぬきはなち、荷物は頭にくりつけたまま、抜き身の剣を手にしたままで進んでいった。

ろうそくは消えてしまったが、もう、グインはあえて新しいろうそくに火をつけようとはしなかった。かえって、そうやって、闇に目をなじませていったほうが、じっさいには、グインはかなり夜目のきくたちで、ことこまかなすみずみまでは見分けられはさすがにしないものの、おおよその地形などは、ちゃんと目がなれてくれば見分けられるのだ、ということが、だんだんわかってきたのだ。

(闇は……敵にするより、同化して味方にしたほうがよいということか……)

その上に、また、湖水のこちら側にきてからは、確かに、あの青白いヒカリゴケだの、また、外からの光とおぼしいものが、あちこちから光源となって、湖水を泳ぎわたる以前よりもずっと、このあたりは明るくなっている、ということも本当だった。ということは、ますます、《外》が近い、ということかもしれないと望みもてる。

それに、明らかにあの怪物はグインのろうそくのあかりをめがけて襲いかかってきた、という気がグインはしていた。

（きゃつらは、あかりが嫌いなのかな……）

あの怪物はなんとなく、一匹だけではないだろう、という気が、グインにはしていた。

（かなり、俺の見たかぎりでは——また、つかんだところでも、小さかったが……）

（あやつ、そうだ……何かを思わせると思ったら……そうだ。ルードの森のグールを……まったく外見は違うにせよだ、何か妙にグールを思わせるものがある……）

グインは、かつてあの暗くあやしい辺境の森を、やはり方角も分からぬまま、なんとかしてルードの森を抜け出すことだけを求めてさまよい歩いた冒険のことを思い浮かべていた。

そのときのことを思い出してみると、不思議なくらいに、いまと、まったくこれほどに状況が違っていながら、何かが似ている——ということに、グインは気付いていた。ルードの暗黒の大森林と、そしてこの地下の大洞窟とは、どちらも、文明の国のものたちが想像もせぬ世界がこのいまの世の中の一画にひろがっている——という点で、似ているようにグインには思われたのだ。そして、それぞれの自然のことわりが育てていった、まったく独自の生態系、ふしぎな生物たちが、かれらにとってはそれこそここが住めば都の天国として、それなりに暮らしているのだ、ということも。

(だとすれば、当然——あのグールどものような、この地下洞窟だけを世界とし、そこで独自の発達を遂げてきた——もともとは文明の巷からさまざまな理由があって追いやられていった不幸なものたちの末裔というのが、いても——おかしくはない)

(それが《水賊》というやからか。——それらは白いワニ、ガヴィーを飼い慣らしている、と——エン親父であったか、シカばばあであったか、どちらかが云っていたようだったが……)

グールとても《人間》にほかならぬのだ、と、グインはグールの母親に幼いグールの子供を助けてやってくれと身振り手振りで頼まれて、そしてそのグールの子を助け、グールの洞窟の《賓客》となったとき、知ったのだった。

むろん、語の通常の意味の《人間》とは、いかにもルードの森の食屍鬼とよばれるグールは程遠い。だが、それをいうならば、そもそも誰がまことの意味の、正しい意味での《人間》なのか、たれがそれを決定づけるのか、とグインは思っている。

(それをいったら——この俺はどうだ。生まれもつかぬ豹頭で——誰にも似てさえおらぬ。……この体力も持久力も筋力さえも、それさえもかえってどのような人間にも似てはおらぬ。——また、このようなことをいっては気の毒やもしれぬが、そういったら、かのイシュトヴァーンはどうだ。ああしておのれのなかの狂おしい血にさいなまれてひとの血を流し、罪とがもない幼な子の命までも奪い取り、岸辺を流血で染める——そのほうが、《人間》らしい、というのか。このタイスの頽廃的なひとびと、歌が下手だったというだけで若い娘をこのような恐しい地下水路へ投げ落として狂死させるような、そのようなひとびとのほうが、かのルードの森のグールより『人間的』だというのか。俺には、そうは思われぬ……もしそうだというのなら、まっさきに俺こそ、『人間』である資格を失ってしまうはずだ。いや、そんなものなど、いりはせぬ……）

あのさきほどのあやしい青白い、丸い頭の怪物は、この水路、この地下洞窟のなかのどこかに、おのれらだけの世界を築き上げ、そこで平和に子を育てて暮らし、上から落ちてくるあわれないけにえたちをえじきにしたり、襲ったりして生きているのだろうか。

（だとしたら……きゃつらとなんとかして、話を通わせることが出来ぬものだろうか——？　あのグールとさえ、最終的にはささやかに心を通じさせることとても可能だったのだ。もしも、かれらももとは人間——タイスからこの地下牢におとされ、ここに適応して生きてゆくことを選んだものたちの末裔だったとするのならば……）

それは、あまりにも空想的な考えだ、とひとには笑われたかも知れぬ。が、グインはそうは思わなかった。

むしろ、この《タイス》という、あやしい都にやってきてからはじめて、何かこの都の本当に本当のすがたに迫る手がかりをつかんだ、というような気さえ、グインはしていたのだ。

（とはいうものの……）

そうであるのなら、出来ることなら、やみくもにそのものどもを敵にまわしたくはない。もし、かれらをなんとかして味方に手なづけることができれば、それこそ地下を通ってのタイス脱出は、かなうかもしれぬのだ。

（さきほど、殺さないですんだのは、よかったかもしれぬが……）

あの怪物は、群れの仲間のところに戻っていって、言葉を持つのかどうかはわからぬが、身振り手振りででも、豹頭の巨大な怪物がおのれらの平和な地下の世界にやってきた、ということを告げたのだろうか。

（仲間を大勢連れて戻ってこられたりすると厄介だ……そのまえに、なるべく早く……）

ここからはなれておかなくてはならぬ。

いずれにせよ、この湖水のむこうとこちらとで、かなり、同じ地下洞窟といっても、事情が違っているのではないのか、という奇妙な気がグインはしてならなかった。それはただの直感ではあったのだが、しかし、なんとなく（空気が違う……）というのが、グインの一番の直感だった。

湖水の向こうは、閉じこめられ、狂死し、あるいは悶死した凄惨な運命をたどった囚人たちの死骸が山積した、怨霊の怨念うずまく、いわば本当にこの世にある死後の地獄の世界そのものであった。空気そのものもどろりと淀んで腐っているかのようであったし、ひっきりなしにたちこめる気配も、さほど霊感などとは縁がない、霊能力など用がない、と思うグインにさえ、まざまざと感じられるほどに、魔気、霊気、鬼気にみちたものであった。そこで襲いかかってくるものがあるとすれば、まずグインは超自然の怪物や、うらみをのんだ怨霊を予想しただろう。

だが、湖水を泳ぎわたってきてみると、ここの風は、何か、《外部》を感じさせた。まだ暗く、そして同じようにとざされてはいたが、ずっと空気は爽やかといっていいくらいであったし、そしてまた、妖しい気配も、まったくないわけではなかったが、それはその、とざされた地獄の世界のものとはずいぶんと異なっていた。むろん、かえって危険な怪生物たちはこちらのほうが多いかもしれないが、それは、むしろ、ルードの森のグールどもの世界や、ノスフェラスのセムやラゴンの世界、といった、《人間ならざる人間たち》や、またイドや大ぐらい《ビッグイーター》、ビッグマウスどもが形成しているような、「中原の人間たちが馴染んでいるのとはちょっと違う、だがそれなりに安定した生態系」から出来ているようにしか、グインには感じられなかったのだ。

その感覚が、グインに急速に、精神的な落ち着きを取り戻させていた。やはり、懸命にそれをふりはらってはいても、あのおぞましい怨念と魔気と鬼気、そしてたちこめる苦悶とうらみと妄執とは、グインを相当に消耗させ、緊張させていたのに違いない。グインは、抜き身の剣を手にしたまま歩き出しながら、なんとなく、ふかぶかと新鮮な空気を吸いこんで、おのれの体内の空気をすべて入れ替えてしまいたいような気分であった。

2

だが——

だからといって、グインのおかれた状態が、さきほどよりも安全になったわけでも、希望がもてるようになったわけでもない、ということは確かであったし、むしろ、突然襲いかかってきたあのぶきみな小怪物のことを考えれば、いまのほうがもっと危険な状況にあると思わなくてはならなかったかもしれぬ。

あの小怪物が、仲間を呼びにいったのかどうか、ということは、グインはひどく気になっていた。たとえ小さくとも、一瞬その手をつかんだときに、相手がかなり力が強いことも、また、剣といっていいのかどうかわからないが、もしかしたら岩を鋭利に削ったような原始的なものであるのかもしれなかったが、その武器が、それ自体は鍛えられたはがねの剣ほどの威力はなくとも、まともにあたればけっこうそれなりにひとを傷つけたり、殺したりする力はあるようだ、ということもわかっていたのだ。

（それに——）

何よりも一番グインが心にかかっていたのは、あらわれてきたときの、あの怪物が、一切何の気配もさせなかった素早さであった。あのようにして突然に襲いかかられると、一人ならばまだしも、大勢でそうされたら、いかにグインといえど、ふいをつかれてしまうかもしれぬ。

(くそ……そう考えると、なかなか厄介なしろものではあるな……)

おのれをいっそう心をひきしめながら、グインは剣をかまえ、ゆだんなく、まんなかだけ足首くらいまでにひたひたと水が流れている地下水路を、いくぶん首をまげて左右にぬけめなく目を配りながら静かに歩いていった。

もう、あの湖水を渡ってきたあとからは、あの、ごおーん、ごおーんという音もせず、ぽたり、ぽたりと水が垂れている音もしなかった。それに、なんというか、前よりももっと、この洞窟そのものが、『密閉されていない』感じがした。風もしきりと吹いてくるし、空気も新鮮な感じがする。空気がちゃんと流通している場所のようだ。

はるか遠くにみえていたあかりひとつを手がかりにして、グインは歩いていた。もうあかりはつけなかったので、しだいに目は暗がりになれてきたが、そのかわり、そうそう速度を上げて歩くわけにはゆかなかった。足元の岩は水につかってぬるぬるしている上に、でこぼこしていて、しかもぎざぎざで、うっかり足をすべらせて膝でもつこうものなら、手ひどい擦り傷をおってしまいそうな感じだったのである。だから、グインは片手で慎重に壁につかまりながら、右手で抜き身を下げて歩いていったが、その壁につかまる左手も、いつなんどき、またぶきみな怪生物にふれてしまわぬものでもない、ということが案じられたので、一応確かめながらつかまらなくてはならず、道はなかなかはかどらなかった。

しだいに、そのごつごつした火山岩の岩壁のあちらこちらに、湖水のあちらにはあまり見られなかった小さな生物たちのすがたが見えてきはじめていた。壁を、上へ下へとたくさんの小さな虫どもがかけまわっているのが、うすあかりに見えた。それはぶきみではあったが、それほど化け物じみているわけでもなく、ただ単にこういう水場であったらどこにでも大勢棲息していそうなつまらぬ虫どもにすぎなかった。

そのあいだに、もうちょっと長くて、嚙まれたらやっかいなことになりそうな、ムカデのようなものだの、また、水のなかには、浅い水たまりにはヒルかなにかのようなものが長々とのびていたり、また、壁をするすると這い降りてくるのはあきらかに、ひらたいヘビのような生物だったりしたが、それもいずれも、特に異常な、異様な異次元の怪物、と感じられるものではなかった。

ただ、かなりほかで見るそうした小動物たちと違う部分があるとしたら、それは、それらの連中がみな、色が変に白かったり、青白かったり、そしてまた、「目がない」ようにみえる、ということだっただろう。

グインはいちいち、それらのものをつかまえて確かめたわけではなかったが、ずるずると岩壁を這い降りてくるそのヘビには、確かに目にあたるものがまったくないように見えた。あまりに不思議に思ったので、グインはついつい手をのばしてすばやく一匹をひっとらえてみたが、確かに、その頭の部分は丸く平たくなっていて、先端からちょろちょろと舌が吐き出されていたものの、目のありそうな部分はなにもなく、もとは目だったのか、と思えるような細い線のようなものがあるばかりで、明らかにそれは、必要がないがゆえに退化してしまったのだった。長い、長いこのあかりもさしこまない地下洞窟の暮らしのなかで、このへんにいる生物たちはみな、色素を失い、かつ、必要としない目を失ってしまったようにみえた——虫どもも青白かったし、走り抜けるトカゲのようなものも、また多足類の大きめの昆虫も青白かった。そして、青白いヒカリゴケはしだいにその数を増してきて、洞窟のなかを、なんとなく、青白い鍾乳洞のように見せ始めていた。

それは同時にまた、《外からの光》が多く差し込んできているあかしのようにも思われた。ヒカリゴケそのものにはたいした発光作用があるとも思われなかったので、それはむしろ、外からのおぼろげな光をとらえて反射で光っているのではないか、とグインは考えたのだ。だとすると、このあたりには、どこからともなく確かに、おぼろげながらも光が射し込んできている、ということである。

（ということは……少なくとも、この先にゆけば——確実に、《外》へは近づくはずだ……）

それが、どこであるにせよ、少なくとも、紅鶴城からの出口であるには違いがない。

その思いが、さすがに少し疲れを感じてきたグインを勇気づけ、いっそう先へすすむ気持をはやらせた。ものになかなか動じない彼とはいえ、もうこの永劫の暗闇のなかをうろつきまわっているのにはほとほといやけもさしていたのだ。

それゆえ、グインはその（もう、外がそれほど遠くはないはずだ——）という思いに力づけられて、なおも、疲れたからだにむち打つようにして歩き続けた。下の岩はまだくるぶしあたりまで水が流れていたし、それに岩そのものもぬるぬるとすべり、でこぼこして、とても歩きにくかったので、あまり速度をあげるわけにもゆかなかったし、それにいつなんどき、さきほどの小怪物が襲いかかってくるか、と思えば、あまり無鉄砲な歩き方も出来なかった。

それに、また、あたりのようすは少しづつ変わり始めていた。湖水のあたりは、あまりたくさん天井から地面にむかって下がっているあの石柱はなかったけれども、《陸》にあがってくると、また、いたるところに細いのや太いのや、いろいろな岩の柱が下がっていて、それが見通しをやや悪くしていた。逆からいえば、それは、その柱のかげにひそんで突然襲いかかってくるものにとってはとても都合のよい、いってみれば「岩の密林」のような状態であった。グインは五感のすべてをとぎすまし、総動員させて、気配をさぐり、生物のひそんでいる気配、襲いかかってこようとする気配をさぐりながら歩いていった。

みたび、だが、しばらくその「岩で出来た密林地帯」のようなところを通ってゆくと、あたりの様子は変わった。こんどは、足元がだんだん平らかになってきた――そして、水がだんだん少なくなり、ちょろちょろといくすじか地面を流れている、川のような流れはあるものの、かわいている――といっては言い過ぎだが、少なくとも常時足が水につかりはしない、普通の陸地らしいところのほうが多くなってきたのだ。同時に、グインの受けた感じでは、地面は少しづつ、上にむかって、坂になっているようだった。天井がそれにつれて低くなってきている、ということではなかったので、地面と同様に天井もともに上に向いて高くなっていっているようだった。それがどういうことなのかはグインにはよくわからなかった――オロイ湖の湖水に出るのだったら、かなり下ってゆかねばならぬのではないか、とグインには思われたのだ。

紅鶴城は、オロイ湖からはそれなりにはなれた、市中の小高い丘のようなところにある。その紅鶴城の地下全部がこの地下水路になっていたとしても、オロイ湖まではつながっておらぬだろう。そしてもし、この地下洞窟が、紅鶴城だけではなく、タイス全市のその下を網羅して、オロイ湖までつながっているのだとしたら、その洞窟は実にとてつもない大きさを持っていると思わねばならぬ。

(あの湖水が、実際にはどのくらいの広さになっていて——俺がどのくらいの距離を泳ぎ渡ってきたかにもよるが……)

マリウスに手に入れてもらい、ブランと二人で懸命にのぞきこんで頭にたたき込もうとしていた、タイスの地図を、グインは思い浮かべた。それを思い出してみてもなかなか、いま自分がどのあたりにいるだろうか、ということは見当がつかなかった。そもそも、最初に地下水路に降りてきてから、どちらの方向にむかってきているのかが、グインには、まったく知る手がかりがなかったのだ。タイス市中、そして紅鶴城からオロイ湖に向かうとすると、道は西にむいていることになる。

(だが、じっさいに上に出てみないと、いま、俺のいる場所が、タイスのどのあたりかというのはまったくわからぬ、ということか……)

これは新しい難問に思われた。それだけ広いと、さまざまなぶきみな敵を払いのけてグインひとりが進むのはともかく、フロリー親子とマリウスを連れて逃げるのはますます難易度が高くなってくるように思われる。

(それにあの地下の湖水だ——あれをわたるに、俺は泳ぎ渡れても——まあ、ブランもリギアも大丈夫かもしれぬが、なんとかマリウスは泳がせるにしても……フロリーはまず無理だろう。それにスーティは……俺がおぶってやるにしても、俺がスーティをおぶっていると、もし何かあらわれた場合にとても戦えぬ。――しかし、あの湖水を船で渡るということは可能なのか？　そのためには、まず、船そのものを、小さなグーバといえども、なんとかして地下水路に持ち込んであそこまで運ばなくてはならぬ、ということになるが……）

そのようなことは、実際にあとで直面してから考えればよいことだ、とおのれに言い聞かせはしたが、グインは、それでも、あれやこれやと、油断なくあたりに気を配る一方では、どうしてもさきゆきの心配に気を取られざるを得なかった。

それで、少しだけ、さしものグインの注意も、ゆるやかになっていたかもしれぬ。

が、今度は、さきほどの、まったく何の前触れもなく、何の気配もなく襲いかかってきた小怪物とは違い、明瞭なさきぶれがあった。恐しい低いうなり声が聞こえてきたのだ。同時にグインは剣を構えて戦闘態勢に入っていた。

グインが身がまえるとほぼ同時に、白い巨大なものが、やにわに岩壁の曲がり角から、襲いかかってきた。それが真っ白いことだけはわかったけれども、何か異様なすがたかたちをしていることはわかっても、グインにはそれが何だかは見当もつかなかった。ただわかるのは、そいつがとてつもなく前につきだした巨大な長い口と、その口のなかにずらりと生えた物騒きわまりない巨大な牙をもった、グインと同じほどに巨大な怪物である、ということだけだった。

（こいつか！）

ずっときかされていた、地下水路に住む狂暴で危険な人食いの白いワニ、ガヴィーというのはこれか、と、剣をふりあげながらかすかにグインは思った。真っ白い、妙に生々しく生白い腹をこちらにみせて、その怪物は、あと足で立ち上がっているようだった。そのあと足のうしろに長々と、かなり長い固そうな尾がひかれていて、怪物は、あと足とその尾とでからだを支えて、前足をふりあげ、巨大な口をガッと開いて、グインにむかって襲いかかってきた。

ぱくりと恐しい音をたててその口がとじた——そのとじた牙のあいだにはさまれていたら、そのからだはどこであれ、骨ごと一瞬にしてたやすく噛み砕かれただろう。恐しいほどの力がその長いくちばし——といったらいいのか、その長くのびた口にはこめられているのが感じられて、一瞬でグインは極限まで注意をはりつめた。怪物はおそらく、たいていの場合がぶりとそうやって、突然襲いかかって哀れな犠牲者の首や胴をひとうちに噛み砕くことが通例なのだった。そのまま、怪物は、たたらをふむようにして、前足を地面におろしたが、そのとき、その背中に、同じぶきみな生白い色だが、はっきりと相当固くなっていることがわかる、隆起したこぶのような巨大なうろこがつらなっているのが、グインの目に入った。

「ギャアアー！」

怪物が吠えた。吠えた、というよりも、その口から、異様なうなり声がもれたといったほうがよかった。怪物はまたのたのたと身をおこしにかかった。この怪物が、動きそのものは決してそれほどひどく敏捷なわけではないのがわかって、グインは少しだけほっとしたが、まだ、それも油断させようとする見せかけかもしれぬ、という気持もうち消してはいなかった。そのまま、グインは、剣を怪物にむけて打ち下ろそうとしたが、すんでのところでふいに思いとどまった。

怪物の背中の隆起が、いかにもひどく固そうに思えたのだ。グインは、思いきり剣をふりおろすかわりに、のたのたと身をおこしかけている怪物の背に、ちょっと軽めに剣を打ち込んでみた。

その用心は、はたして、幸運であったことがたちまち明らかになった。怪物の背はおそろしく固く、とうてい、グインの手にしている、地下水路で長年放置されてさびた剣の刃がたつようなものではなかった。

まるではがねで出来た鎧のようだった。まともにふりおろしていたら、長年水につかって弱っていたその剣はまんなかから折れて、グインはまったく武器を失っていただろう。

（こやつは――！）

いよいよこの、巨大な白い怪物が《ガヴィー》であることを、グインは確信した。長いくちばしのうしろの、急激にふくれあがった頭の両側に、飛びだした目玉がついており、そしてその目玉は気味悪く血走っていた。少なくともこの怪物はあの水ヘビと違ってちゃんと視力をも目そのものをも持っているようだった。

その目のうしろあたりから、長い尻尾にかけて、でこぼこと隆起しながら白いうろこが続いている。そのうろこが固いのだ。

(背中には、刃は立たぬ——ということは……)

幸い、相手の動きはのろい。

巨大なからだと短い手足、それにその、鋼鉄の刃を受け付けぬほど固い背中のうろこは、逆にまた、そう簡単にからだをしなやかに動かすには困難なのだろう。ゆっくりとそやつがまたあとあしで立ち上がろうとしているのを、グインはわざと、ちょっと岩壁にすさって背後を守りながら、じっと観察していた。だいぶ夜目にも馴れてきたし、それに、このあたりはヒカリゴケでことのほか明るくもあったし、しかも相手そのものが青白かったので、この暗がりでもかなりよく見えたのだ。

そいつは、後足で立って、尾と後足でからだを支えながら、その尾の反動でもって、思いきり飛びかかってくると同時に口をひらいて相手をぱくりと嚙み砕く、という戦法を使う動物であるらしい。確かにその歯はおそろしく強力そうだし、それに、そのような使い方をするかどうかはわからぬが、その尾も相当に強靭そうだ。とっさに、グインは、相手の弱味を考えた。

（よし）

考えた瞬間に、からだが動いていた。グインは相手が飛びかかる態勢を作りきるのを待たず、いきなり、怪物のふところめがけて飛び込んだ。

それと同時に、渾身の力で、剣を真横にないでいた。なぐと同時にひらりと飛びすさる。

「ギャーッ！」

ふたたび、怪物が恐しい声をあげた。

今度は、苦悶と怒りの絶叫に思えた。飛び退いたグインの、立っていた場所に、断ち割られた怪物の腹からほとばしったどろどろとした血らしいものが、びゅーっと滝のように降り注いだ。

（やはり――やはり、腹のほうは、背中よりはるかに柔らかかったな）

グインはひそかに会心の笑みを浮かべると、そのまま、怪物が苦悶にのたうちまわるのから飛び退いた。

怪物はそのあたり一面を、長く強靭な尾を苦しみに叩きつけながらのたうちまわっていた。その強い尾が苦しみもだえて地面をうちつけるたびに、あたりの岩のはしくれが瓦礫となって飛び散る。怪物の腹からどろりとした汚らしい臓物と血が流れ出すと、いきなりそこに、あちこちから、奇妙な喜びの声をあげながら、さっきグインが叩きつぶした翼のあるヒルのようなものとか、虫ども、それに小さな青白い、毛のないトルクを思わせる小動物とかが、こんなにもたくさんの生物がこの地下洞窟にひそんでいたのかと感心するくらいの勢いであらわれてきて、いっせいにその血と臓物と、そして断末魔の苦しみにのたうちまわっている不気味なガヴィーそのものにとびかかっていった。

あっという間に、白いワニの巨大なからだはそれらの奇妙な小動物、小昆虫たちにおおいつくされて見えなくなるほどだった。それほどおびただしい数のものがいっせいに集まってきて、巨大な獲物におそいかかり、血をすすり、臓物をかじり、断ち割られた腹のなかにまでもぐりこんでゆこうとするさまは、さしものグインも見ていて吐き気を催すほどだった。うねうねと襲いかかる小動物、小昆虫どもは、日頃はおそらくこのガヴィーの敵ではないのだろうが、いまここぞとばかりそのうらみを晴らしていたに違いない。それらに襲いかかられて、グインが第二撃をくわえるまでもなく、すぐに白い巨大なワニのからだは痙攣しはじめ、そして、やがて、さいごの苦しみにばたんとひっくりかえって、あおむけにころがった。そうなってからも、まだ、手足も尾もひくひくと動いていたが、もう、その上には、たちまちに、柔らかい腹の皮膚を食い破って肉をくらう死肉くらいの小動物と昆虫どもが、下になにがあるのかも見えないくらいにびっしりとむらがってしまった。

そしてそれらがうねうねとうごめきながらガヴィーの巨体を、まだなかばさいごの息のあるものをそのまま生きながらむさぼりくらうさまに、グインでさえも相当に嘔吐感を覚えたので、グインは、いそいでその場をはなれた。それに、そのままそこにいると、血と肉に味をしめたこやつらが、次の獲物を求めて、生きているグインそのものにまで襲いかかってくるのではないか、という、めったにとらわれない恐慌にとらわれてしまったのだ。グインはこみあげてくる吐き気をこらえながら、それまでの何倍もの早さで岩場をかけだし、壁に左手をついてささえ、右手に抜き身をさげたまま、ついにはどんどん走り出した。それが危険であることはわかっていたが、いまの場合はどうにも我慢がならなかった。グインは危険をさえ忘れて、無我夢中で走った。

それでも、目的としていた方向だけは見失わなかった。出口なのかどうかももはやわからぬ、青白い、だがはっきりとかなり明るい光だと思えるものが見えている方向をさして、グインは走り続けた。

うしろで、トルクども、昆虫どもが生きながらガヴィーの血をすすり、肉をむさぼりくらい、骨をかみくだく、バリバリとかずるずるとかべちゃべちゃというイヤな音がきこえてきて、いっそうグインの足を速めさせた。グインは、そいつら——巨大なワニよりもグインにはかえっておぞましく、危険に思われる、数限りない気味の悪い小動物、昆虫どもが、いまにも背中からどっとグイン自身に襲いかかってきて、グインを地面に引き倒し、生きながら口から、鼻から、いたるところの穴やからだの皮膚の柔らかい部分から食い破って侵入してくるという恐怖にかられて、夢中でその場を少しでも遠ざかろうと走り続けた。

むろん、走るといっても明るい、見通しのきく平地を走るような速度はとうてい出せなかった。それでも、グインであったから、それだけの勢いで、この足場のわるい、ぬるぬるすべる、ぎざぎざの岩場をそんな速度で、それだけのあいだ、走り続けることが出来たのだ。

すぐに、食われるガヴィーとそれに襲いかかっている小さな怪物どもはうしろになり、見えなくなった。恐しいずるずるとかばりばりとかべちゃべちゃという物音も聞こえなくなった。それを確かめても、なおグインはしばらくは足をとめることが出来なかったが、やがて、息がきれ、脇腹も足もつりそうに感じて、足をとめざるを得なかった。グインにしては珍しく、しばらくそのまま、グインは岩壁に手をついて身を支えたまま、激しく肩で息をついていた。

それから、ちょっとためらってから、慎重に膝をついて、そのへんを流れている地下水路の水を手のひらにすくい、まずにおいをかぎ、ちょっとなめて見、それから、（どうせ、あの湖水を泳ぎわたったときに、いい加減、水に濡れてもいるし、口から多少は入ってしまっていもしたな……）と考えておのれのあまりの用心深さを嘲笑って、その手のひらに掬った水を口もとにもっていった。水を飲むと、驚くほどに、ほっとした——グインは、剣を慎重にとなりにおいて、両手で水を掬い、さらに飲んだ。三杯も水をのむと、おのれがどんなに疲れて、そして水を欲していたかに気付いて、ほっと力が抜けてゆく思いだった。

だが、それでやっとひと息はついたものの、まだ、とうてい、ここでひと休み、というようなわけにはゆかなかった。

（あれが、ガヴィーか……）

一応、あの程度の遅い動きの生物であれば、いくら背中があのように固いうろこにおおわれていても、剣があれば問題なく片付けられる、ということがわかったので、グインは多少はほっとしていた。だが、やはり、それに、思い通りに剣をふるうわけにゆかない水中で襲われたときにはどうなるのだろうか、という疑問は消えなかった。ガヴィーのからだのつくりはいかにも、陸上よりも、水中を動き回るのに適しているのではないかと思われたのだ。

（それに、大勢出てきたら……）

襲われた場所にもよるが、足場が悪ければ、けっこう苦戦を強いられるかもしれぬ。だが、その上に、もう本当にそろそろ、見つからぬ前に引き返すか、それともまったく違う方策を考えるか、深刻に考えて選ばなくてはならない状況になってきていた。

（ここで戻ったら無意味だが――だが、オロイ湖まで往復していたら、やはり完全に――夜は明けてしまうだろうな……）

かなり、青白い光は近くなっている。

もう、それは、たぶん、オロイ湖に出る、この地下水路の出口だ、ということは、確実だと思ってもいいのではないかとグインは思っていた。だが、それでもそれはまだかなり先だ。

（だがとにかく、行くしかない……）

グインは立ち上がろうとした。手をのばし、地面においた剣をとろうとする。

次の瞬間、はっと全身をかたくした。なにものかが、グインほどの闘士にさえ気付かれずに、かたわらにおいた剣をするりと盗み取っていったのか。

（剣がない！）

グインは、硬直した。

次の瞬間、いきなり、またしてもあの丸い頭の小怪物が襲いかかってきた！

3

次の刹那、もうグインは、剣を一瞬でも手元からはなした油断を悔いるいとまもなく、全力で戦っていた。

すでに相手があの、最前水に飛び込んで逃げのびたやつ——むろん同じやつではなく、それと同じ種類の、丸い毛のない頭とつるりとした、それでいて妙に固い、うろこでも生えているかのような細長い手足とからだをもつ怪物であることはわかっていた。グインが《半魚人》かと考えたやつだ。

だがおそらくは、前のとは違うやつ、いや、前のやつよりは、ちょっとだけ全体に大きいやつだった。前のやつはグインの手には、つかんだとき腕が、固くウロコが生えたような奇妙な手触りのくせに、妙に細くてしなやかなのが、かえってぞっとする感覚を呼んだのだった。だが、こんどのやつは、もうちょっと全体に、腕も太く、胴体も大きいように思われる。

手にかざしているのは、それに、さきほどのやつが持っていたような、岩の鋭利なかけらかと思われるような武器ではなく、間違いなくグインのかたわらにおいたのをぬすみとったグイン自身の剣だった。そのほうが、長く、そして鍛えたはがねである分厄介だった。

グインは、とりあえず右に左に、ふりおろされるその剣先をよけながら、なんとかしてそのあいての手をつかんで剣を奪いかえす機会をうかがっていた。おぼろげなあかりのなかで、相手のようすが前よりずっとよく見えた。

まさしくそれは《半魚人》といってもおかしからぬ、ぶきみなありさまであった。確かにひとつの頭と二本の腕と手、二本の足をもってはいたが、その手のさきは人間の手とことなって、なんとなくひれのようになっていて、だが剣を握っているところをみるとちゃんと一応手の役割ははたすらしい。

そして、そいつは全裸であった。青白い、ぬめるようななめらかな肌の腹の部分、肩の部分、腕などあちこちにうろこらしいものが生えており、また、背中のまんなかが、さっきグインがやっつけたガヴィーのように、いや、ガヴィーよりももっととげとげした、魚の背中のひれのように盛り上がっているのがいっそ非人間的な感じを強めた。

顔もまた、人間というには程遠い感じだった。グインがさいぜん、ほのかなさいごのあかりで見たとおり、丸い頭にはひとすじの毛もなく、そして、目は、眼球も虹彩も白かったので、どれが目の玉なのかよくわからなかったが、一応二つちゃんと見開かれていた。

そして、鼻のところはほとんどまったいらで、そこに二つの穴だけがあいている。そして口は少しとがってくちばしのようになっていた。その首はまるい頭の下に頼りなく細く、そして妙になで肩で、全体になんとなく流線形にみえたが、それはおそらく、水中を自在に泳ぎ回るにはとてもむいたからだつきであったのだろう。

(こいつ……水棲人だ……まさしく、半魚人かもしれぬ……)

タイスの地下洞窟に、半魚人が住む——などという話は誰も教えてくれなかったはずだが——

だがそんなことを考えているいとまもグインにはなかった。相手は意外と敏捷だった。さほど、腕には力があるわけではないらしく、ふりおろしてくる剣はさほどすさまじい威力ではないが、そのかわり、剣術の心得などまったくなさそうだがそれなりに敏捷な筋肉でやみくもにふりまわしてくるのが、かえってグインのような闘技の心得のあるものには予測がつかず、危い。だが、そうすごい剣勢ではないので、逃げるのはそれほど難しくないかわり、飛び込んで腕をねじあげる機会をとらえにくい。

(くそッ……)

このグインともあろうものが、こんなたかだか水棲人ひとりを相手に手こずるとは——

——とおのれを笑い、グインは一気に、多少傷を受けるのはいとわぬ心で突っ込んだ。左手ではらいのけざま、右手の拳をかためて、相手の腹に突きをいれると、一撃で、相手はもろくふっとんで壁に叩きつけられてどうと下に落ちた。

もともとより体格でいったら、普通の人間とセム族の違い程度には違うのだ。いや、それよりももっと違ったかもしれない。この水棲人はセム族よりは大きかったが、普通の人間よりはふたまわりくらい小さいのだ。グインは、すばやく躍りかかって、相手の落とした剣を拾い上げた。

とたんだった。

「ケーッ！」

「エケケーッ！」

「ケエーッ。ケエーッ、ケエーッ！」

まるでその水棲人が失神すると同時になにかの超音波をでも仲間にむけて発してでもいたかのように、やにわに、いたるところから、わらわらと、まったく同じそのまるい毛のない頭と白い見えているのかいないのかわからぬ目、うろこがあちこちに生えたぶきみな裸の細いからだをした怪物どもがあらわれて、グインを取り囲んだのだ！

「おのれ」

グインはさすがに呻いた。

そして、剣をかまえ、とっさに岩壁を背にとりながら、きっと怪物どもをにらみつけた。

怪物どもは、互いにそのあやしい、人間の波長とはまったく違うように思われる声で連絡をひそかにとりあっているのだろうか。わらわらとあらわれてくるその小さな、だが不吉なぞっとするような白い、ぬめぬめとしたまるい頭のすがたは増えるばかりだった。もう、それは二、三十人——それを人、として数えるのなら——はいただろう。そのとんがった口がカッとあくと、そこから「ケーッ！」という異様な、声ともつかぬ声だけが洩れる。だが、かれら自身にとっては、その声が充分に、互いの意志疎通の役を果たしているらしい。

（くそ……ずいぶん、いるな）

もう、この水棲人どもの戦闘能力についてはわかっている。思いのほか、ずいぶんと敏捷に動くし、思ったよりも力があるが、それもあくまでもこの小柄でほっそりとした見かけよりは、ということだ。グインの力にとっては、さほど恐るるにも足らぬ。

だが、これだけ、わらわらと大勢いる、となるとまたおのずと話は別であった。

（ううむ……こやつらを全員切り捨てるのは、それほど難しい問題でもないが、しかし……それまで、問題はこの刃がもつかどうかだな。これはそれほどよい刀というわけでもないし、その上になお、長いこと水底に放置されていたものだ。——それに、こいつらをみな殺してしまうというのも、いささか……気は進まぬ……が……）

「スナフキンの剣よ、出てきてくれ！」

こころみに、グインは、そっとそう呟いてみた。

グインの右腕に、緑色にかすかにその皮膚一枚下で何か細長い光が走るのが感じられた。それから、不承不承、といった感じで、ほのかな青緑をおびた魔剣――というより、不完全な、なんとなく剣のようなかたちにみえる光が、グインの右手からあらわれたが、しかし、まるで、スナフキンの魔剣がその、グインの周囲を囲んでいる敵どもを見て、判断を下した、とでもいうかのように、いきなり、その魔剣は、驚いたことにしゅるしゅるとグインの腕のなかに吸いこまれて戻っていってしまった。

（ううッ……やはり、そうか……）

グインは呻いた。そんなことではないか、という気はしていたのだ。

スナフキンの魔剣は、「魔界の存在」「魑魅魍魎」にしか働かぬという制約を課せられた魔剣だ。現世の血肉をそなえた存在を切ることは出来ぬ――むろんその血肉あるうつつの存在に妖魅が憑依しているような場合にはそのかぎりではないが――という、大きな特徴を持っている。

そのスナフキンの剣が嫌った、ということは、その云いたいことは明らかであった。この水棲人たちは、見かけがどんなにぶきみで人間離れした妖魅に見えようとも、妖魅ではないのだ。

(つまり……こやつらは、セムやラゴンと同じような……現世の、もとは人間であったのか、そうでなかったのか知らないが、そういう血肉ある生物が、特殊な条件のもとで、このような特別な進化をとげた生物にすぎぬ、ということだ……)

ということは、逆にまた、いつでもグインの剣で切れる生身だ、ということでもあったが、しかし、これだけの人数がいるというのはなかなか厄介だ。

(くそ、それに、ここでこやつらを虐殺してみたところでなんのやくたいもない。——こやつらにとってみれば、この俺のほうが——この地下洞窟で平和に暮らしていたこいつらの静かな領土をおびやかした、とんでもない侵入者なのだ。もしかしたら、俺のほうが、きゃつらからみたら、巨大で乱暴なあらくれた——いきなり仲間を殺そうとした怪物に見えているのかもしれぬ)

グインは、なんとか、そのことをわからせられぬか——と、手に手に何か原始的な武器らしきものをつかんでこちらを見えているのかいないのかわからぬ白い目でにらみつけている、大勢の水棲人たちを見回した。

「仲間を、傷つけたのは悪かったが!」

もしかして、ことばは通じぬだろうか、と、グインは、大声を出してみた。

「俺は、お前らの敵ではない。お前らの生活——この地下洞窟での平和な生活を乱しにきたものではないのだ。俺は、タイスからの脱出方法を求める逃亡者にすぎぬ!」

白い丸い頭の怪物たちは、なんとなくざわざわしながら顔を見合わせるようなようすをしている。

もしかして、何かの手応えがあったのか、と思い、グインはいっそう、声を強めた。

「俺は、タイスから脱出したいのだ。もしお前たちが、それを手引きしてくれるなら、相応の礼もしようし、もちろん、お前たちに害を与えはせぬ。俺は見てのとおりとても強い。お前たちがどれだけ大勢いようと、大きくて強いこの俺にはおそらくかなうまいし、俺をおとなしくさせるまでにはお前たちは恐しく大勢のものが死ぬぞ。だから、ここは大人しく――俺に協力してくれずともよい、ただ、俺を通してくれ。俺は、オロイ湖への出口を求めているのだ。お前たちを殺しにきたのではない。ましてや、お前たちの敵になるつもりなどない。俺のいうことがわかるか。わかるか？」

ざわざわ、ざわざわ――

ただ、かれらは、（ケッケッケッケッ）というような奇妙な声を出して、互いに顔を見合わせあっているばかりだ。

だが、それでも、いますぐにグインにむかっていっせいに襲いかかってこようとはしない。そのようすを見ていると、まんざら、意志がまったく通じていないわけでもないのか――とはおもわせる。少なくとも、ことばをまるきり解しないのかどうかはわからないが、グインが懸命に示そうとしている、（敵意はない）ということは、多少は伝わっているのではないか、と思われる。

本当は剣をすてればもっと伝わるかもしれぬ、とは思ったが、さすがに、まだうしろのほうへ、あとからあとからどこからともなくあらわれて増え続けている、ぶきみな水棲人たちにこれだけ囲まれて、剣を捨ててみせるのはあまりにもグインにとっても賭けに思われた。ここでそうしてしまったらさいご、いっせいに襲いかかられたらもうどうにもなるものではない。

「聞いているか。俺のいうことがわかるか？　人間のことばは、解するか？」

グインはさらに声を張った。

「俺はこんな外見をしているが、べつだん恐しいものではない。また、悪心を持つものでもないぞ――俺は、ただ、不幸にもこのタイスという悪徳の都にさまよいこんでしまった、罪もなき旅行者にすぎぬ。このタイスにはびこる悖徳と嗜虐の悪習、人間どうしをゆえもいわれもなく戦わせて楽しもうという、また罪なき者をも平然とこの地下水路におとして惨殺するこの都の冷血から逃れ、また俺の大切な愛する連れをも助けようと、あえて地下水路に活路を求めてここに降りてきた。もしも、ここを抜けてオロイ湖に出られるのなら、俺はいますぐ、俺の連れたちをともないに戻って、そしてもう決してお前たちの生活を脅かすことではない。どうか、俺のいうことがちょっとでもわかるのなら、なにかそのあかしを見せてはくれぬか。頼む」

また――

ざわざわ、ざわざわと、丸い青白い、毛など一本もない濡れたような頭の群れが揺れる。

きこえてはいるし、何か、必ずしもまったく意味がわかっていない、というわけでもなさそうだ。だが、かれらには、ことばをかわす方法がないのか、それとも喋る機能というものを持っておらぬのか。ケッケッというあやしい、怪鳥じみた声を発するばかりで、どうにも、誰ひとり、ことばらしいものをかえすものはない。

グインはしだいに必死になりながら、かれらを見回した。

水棲人たちは、大小もさまざまだ。なかにはかなり小さくて、グインの腰ほどまでしかないものもいるので、それはどう考えても水棲人の子供なのだろう。またしても、ルードの森でグールの洞窟に招待された記憶がグインの脳裏をかすめた。

「聞いてくれ」

グインはさらに声をあげた。グインが喋るたびに、水棲人たちはざわざわと揺れた。

「俺はあやしいものではない。俺のこの外見が、いかに不審に見えようと、俺はまことはただの人間だ――少なくとも、自分はそう思っている。俺はケイロニアの豹頭王グインと呼ばれ、地上ではその名をいささか知られるもの――以前より、この地上にあらわれたときからこうして、余人とはまったく異なる豹頭をいただいていた。それが、魔道師の呪詛によるものなのか、それとも他の原因があるのか、それは俺は知らぬ。だが、俺はまがった人間ではない——俺は、おのれの信ずるところをおこない、愛する者を守り、そして、おのれの信条をつらぬいて生きてきたつもりだ。そのおのれの信条からは、こうしてタイスで、さまざまな実におかしな紆余曲折のはてとはいいながら、闘技場に引き出されてさまざまな闘技士たちと戦わされ、それを見世物のように見物されるというのはまったく本意ではないのだ——そのようなことをお前たちに云ったところで、生涯地上に出ることのないのかもしれぬお前たちにはわからぬかもしれぬ。だが、俺の喋る内容よりも——俺の声の響きから、何か、俺に敵意のないこと、俺が必死であること、そして俺がなんとかして、お前たちに敵対の意志のないことをわかってほしいと思っていることを、わかってはもらえぬか。——俺にはここでお前たちを斬り殺すのは比較的たやすいことだ。だが、俺は何もお前たちに恨みなどない。——ああ、そうだ」

グインは深く息を吸いこんだ。

「俺はかつて、辺境のルードの森で、グールという、屍食いの悪鬼とされている怪物どもと知り合ったことがある。——かれらは、もともとはルードの森のなかに追い払われた、もとは人間たちだった存在が、そののち特殊な進化の過程をへて、あのような存在になったのだと俺は思っている——文明の世に、適応することあたわず、自ら辺境の神秘の大森林をのみ、おのれの生き場所とさだめた種族だ。そして俺はそれらとの交流を通じて、グールもまた、《人間》にほかならぬこと、決して、ルードの森をうろつく死霊どものような、本当の妖怪変化や、生まれもつかぬ怨霊どもではないことを知った。

また、俺は——俺はいっときは、ノスフェラスに暮らし、そして、どうやらそこで、『ノスフェラスの王』と呼ばれていた……お前たちは知るまいが、ノスフェラスというところはきわめて広大な砂漠で、そこに、セム族という、お前たちよりもさらに小さな猿人族と、俺と同じほど巨大なラゴン族というやはり猿人たちが暮らしている。かれらもまた、中原の人間たちからは、異形、異種族として追われ、発見されればただちにいけどられたり、皮をはいで売られたり、虐殺されたりするがゆえに、そちらからも人間たちを攻撃し、場所によっては人間とノスフェラスの民とは不倶戴天の敵同士となっていたりもするようだが、俺はそのノスフェラスでセムともラゴンとも親交を結び、ノスフェラスの王の称号を名誉にもたまわった。——そしてルードの森のグールたちとも、グールの子を助けてやったことで仲良くなれた。このタイスの地下洞窟にすまうお前たちが、どのような来歴をもつ、どのような種族であるのかは知らぬ。だが、お前たちもまた、おそらくは、はるかなはるかな昔は同じ——まったく同じ《人間》であった存在なのではないかと俺には思われてならぬ。俺もまた——俺もまたこのように、生まれもつかぬ豹頭をひとからうしろ指をさされ、豹頭の獣人とはじかれる身の上だ。俺が強く、そして心高い北の王国で受け入れられて王となれたればこそ、俺は中原でも排斥されるかわりに称揚されることとなったが、もし、単身中原をうろつき歩いておれば忽ちに石を投げられ、おそれられ、狩りたてられたに違いないこと、ノスフェラスのセムやラゴンとも、ルードの森のグールとも、そしてタイスの地下水路にすまうお前たちとも何もかわらぬ。――それゆえに、俺はお前たちを虐殺するようなことはしたくない。俺はお前たちをこの刀のさびにし、死屍累々の虐殺をここでくりひろげるような理由を何ひとつ持たぬのだ。お前たちが俺を見逃してくれさえすれば、俺はそれでよい――どうだろう。俺のいうことは、伝わっているか？　俺が、お前たちに何の害意も持たぬことはわかるか？　どうだろうか？　俺を通してはくれぬか。俺はお前たちを切りたくはない。むしろ、お前たちがいったいどのようにして、どういう経緯で、このような存在としてこの水路にすまうようになったのかそれを知りたい。お前たちが、きくところによるタイスの地下水路に住む《水賊》たちなのか？　それともそれはまた別にいるのか？　あのあやしい白い怪物ガヴィーにおびやかされ、一生日の目を見ることもなく、この深いあやしい暗がりの水のなかでお前たちは生まれ、育ち、そして死ぬのか？　俺はお前たちの敵ではない――どうか、そのことをわかってくれぬか。そして、俺を……通してくれぬか。頼む。このとおりだ」

そして、グインは、思い切って、片膝をついた。

いつでも、飛びかかられ次第に剣をひっつかんでそのあいてをなぎ切れるように身構えつつも、剣をおのれの前に横たえて、かるく頭をさげた。

その、剣をおのれから手放したグインの動作は、あやしい水棲人たちにも、伝わらなくはなかったようだった。

グインの周辺を十重二十重にとりかこんだ水棲人たちは、そのまるい、白い目をきょろり、きょろりと動かし、まるい頭をたがいにふりむけて、何か、まるで相談しあっているようなようすをはじめた。

（………）

（………）

もしかしたら、本当に、かれらは、人間の使わぬ音域、超音波の音域で会話をしあっているのではないか、と思わせて、空気がざわざわと揺れた。が、心をも態度をも決めかねたかのように、かれらは、動こうとはせぬ。いつまでも、顔をみあわせてざわざわとしているばかりである。

グインは、じれた。というよりも、このあとどのように動いてよいものか、知らぬわけにはゆかなくなった。それほどの時間もおのれには残されていない――と、思うにつけ、ここであまり時間をとるわけにはゆかないのだ。

「どうあれお前たちが俺を通してくれぬというのなら――あくまでも敵対するというのなら、まことに不本意ではあるが、俺はお前たちを切るしかない。切って、そしてここを押し通り、なんとしてもタイスから、宮殿の人々に知られずに脱出する方法を探すしかない。俺は、きわめて重大な使命と任務を帯びているのだから。——俺自身のことはどうでもよい。タイスの人々はさいわいこの俺を、豹頭王のまねをする阿呆で愚かな大道芸人、魔道師の力をかりて豹頭王に扮している愚か者だと信じてくれている。だが、俺の連れたちはいずれも中原のゆくすえに、重大な影響を持つものたちばかりだ。ましてそのなかには、俺が我が子と思うほどに愛しい幼な子もいる。——俺は、中原の運命に重大な役割を果たすかもしれぬというだけではなく、その愛しい子をなんとか無事にここから連れ出してやりたい。——運命のあまりに不思議な糸にあやつられ、ここに俺が連れているのは、パロの王太子たるべき王子、パロの聖騎士伯、そして運命の王国ゴーラの流血王イシュトヴァーンの隠し子とその母……その王子をイシュトヴァーンのもとに連れ戻そうとするゴーラの勇者……そのような世にも不思議なめぐりあわせでここに俺を頼りによりつどうたものたちを見捨てておくわけにはゆかぬのだ。というたところで、お前たちには何がなんだかさっぱりわかるまいが——もしどうしても、お前たちが俺を通してくれぬというのなら——そうしたくはないがやむを得ぬ。俺はかれらを助け、そしてパロにどうしても無事に届けてやらねばならぬ。いや、ゴーラの勇者がどうするかは、またこれはのちの話になるだろうがな。それゆえ、よいか。お前たち、そこをどけ。俺はこうして、お前たちの敵ではないあかしに剣をはなし、誠意をみせた。これでもお前たちにつたわらぬとあらば——かかってくるものなら、かかってくるがいい。そのときが、お前たち——タイスの地下水路の水棲人の最後の時になるぞ。そうしたくはないがな！」

云うと同時に、グインは剣をつかみとり、すっくと立ち上がった。

はっと、水棲人たちがざわめいた。

何か、しきりと互いに顔をみあわせながら、いかにも何かを伝えたそうにざわざわするが、しかし、相変わらずその口からは、「ケーッ、ケーッ！」というような、怪鳥の声じみたものしか出てはこない。

グインはじりじりしてきた。もうこれ以上、ここで時間を無駄に費やすことは出来ぬ、と思う。

「よいか、お前たち——どけばよし、さもなくば……」

グインが、筋肉にぐっと力をいれ、そして、ほぞをかためて、剣をつかんで一歩前に出ようとした——

そのときであった。

「待て！　豹頭王グイン！」

ふいに——

するどい、低い——だがよくとおる声が、水棲人たちのうしろからかけられたのだ。

「そちらの言い分もっとも至極。だが、このスライどもを切るには及ばぬ。僕がかれらを説得する、いや、かれらはもうわかっている。ただ、かれらは口を持たぬだけだ。少しのあいだ、剣をひいてくれ。豹頭王グイン」

そして——

ゆらり、と水棲人たちが、あわてふためいたようにふたつに割れた。

「お前は——！」

その、まるい頭、青白いぶきみな姿の水棲人たちの人垣のうしろから、ふわりと漂うようにあらわれたその姿をみるなり——

グインは、はっと剣をかまえていた。

4

「白のマ、ー、ロ、ー、ル、！　お前は、なぜここに！」

「その疑いはもっともだ」

悠揚迫らぬあのふしぎな落ち着き払った態度は少しも、かの闘技場で対決したときと変わらぬ。

この不気味な、あかりもおぼろげな地下洞窟に、水棲人たちのあいだにその、純白の長い髪、真っ白なマントと白づくめのいでたちで、ゆらりと、白子を思わせるほどに真っ白な肌と、そしてあやしい青緑の瞳をもつ、ほっそりとした姿があらわれたとたん——

——あたかも、おのれの皇帝があらわれたかのように、水棲人たちは、いっせいにその場に平伏したのだ！

マーロールは、右手を分厚く包帯でつつみ、そして三角の布で右肩からつるしていた。

左手には、かろやかに、細い銀の鞘に入ったレイピアを杖にしている。その左肩には、マントの下にかくされた、細い銀色の鞭が輪にされて通されている。マーロールの姿をみた瞬間、だが、グインは何がなし恐しくはっとした。

（こやつ……似て……いる――）

何にどう似ている、というのではない。

だが、ここに、まるで支配者の君臨を得たがごとくにうち伏している水棲人たちの青白いぬるりとしたようすや、また、さきほどの白いワニ、ガヴィー――そしてまた、ずっとグインの周囲を徘徊していた、あの白い昆虫や目のない水ヘビや、地下水路に棲むぶきみな生物たち、そのすべてと、この《白のマーロール》――《死の大天使》には、云いようもなく似ている何かの気配があったのだ。それは、生まれながらに太陽にそむき、《陰》の世界にのみ生きてきた、闇の生物の気配、であったのかもしれなかった。

「お前は……」

「ケイロニアの豹頭王グイン。僕とてもむろん噂はきいている」

マーロールは静かに云った。

「お前が、その当人か。闘技場で、立ち合ったとき、あるいは、そういうこともあるかもしれぬなとは思っていたよ。――あまりにも、強すぎる。それだけではない。お前は僕の《飛鳥剣》をも《白蛇鞭》をもやすやすと破った。しかも無敵を誇るこのマーロールを傷つけ、血を流させた。あまりにもとてつもなさすぎて――それが、普通の、これまで名も知られぬ闘士だ、と考えるほうがあまりにも不自然だったからね。だが、僕は疑っていたのだ。――なんだって、ケイロニアの豹頭王当人が、このようなところに、しかもふざけた大道芸人のふりをしてあらわれるなどということがありうるのだ？　いったい、だとしたらその豹頭王の目的は何だ？　何か重大な陰謀がすすめられているのか？　とね……だが、いまのお前の話はすべて聞いた。そして、すべてわかった――理解したと思う。なるほど、パロの王太子――そして、ゴーラ王の隠し子たる王子だって？　そのような秘密が隠されていたのだな」

「おのれ」

　グインは、剣をかまえ直した。

「俺の隠したい秘密をすべて立ち聞いたとあるからには、ここで、闘技場ではつかなかった決着をつけるか、それとも――」

「先走るな。ケイロニアの豹頭王どの」

《白のマーロール》は妖しく笑った。

「お前は、僕がよもやこんな地下水路にあらわれようなどとは夢にも思っていなかっただろう。それゆえ、僕はお前の話をすべて聞いた。――今度は、僕が話す番だよ、豹頭王――案ずるな。今度は、催眠術はかけぬよ」

「……」

グインはうろんそうに、マーロールをにらみつけた。

マーロールは妖しくまた微笑んだ。

「何はともあれこやつらには解散させることにしよう。というより、こやつらに護衛させて、僕の《城》へ招待しよう。もうあまり時間がないのだろう？　早く、タイスを脱出する方法を見つけて仲間のところに戻りたいのだろう」

「……」

「僕が信じられないか？　無理もないけれどもね。だが、僕とここで戦おうと思うのは無駄なことだよ——《上》の闘技場で戦うのとはわけが違う。ここは僕の王国だ……お前がノスフェラスの王であり、ケイロニアの王であるように、僕はこのタイスの地下洞窟の王なのだ。僕はここで生まれ、ここで育った——そうなのだよ。僕が遠い国からきたとタイスのものたちは思っている。そうではない。秘密を守るためにそう思わせてはいるが、僕は遠国からきたものではない、逆に、タイスの悪徳そのものが生み出した、きっすいの、タイスそのものの象徴、タイスの悪徳と腐敗と怨念が凝り固まってひととなった姿そのものだよ。さあ、スライども、おどき。このかたは僕の——《白のマーロール》の賓客だ。彼を通すのだ。そして、僕の《地下宮殿》へ彼をともなうことにしよう」

マーロールがしなやかに、左手をちょっとあげた瞬間だった。

ケーイ、ケーイ、というような、これまで出さなかった声をだしながら、《スライ》と呼ばれたその怪物たちは、次々と岩かげへ入っていってしまったのだ。あっという間に、そこは、マーロールとグイン、ただふたりだけが取り残されただけになった。

「とても気がかりでもあろうけれど、だが、お前は僕と話しをしたほうがいい。そうしたら、僕は――もうさまざまなことにすっかり得心がいったから、お前をタイスから脱出させるために力を貸してやってもいい。むろん、そのためには、お前と話がついてのことだが。――僕もまた、何もおのれの見返りなしにそんな危険をおかすわけにはゆかないからね。僕にもまた、さまざまなものがかかっているのだから。――だが、とりあえず、まず、僕の手下どもに、お前が一番心配している――お前の不在がもうタイス伯爵に知られてしまったかどうかを調べてこさせよう。お前は、それが気がかりなのだろう。仲間たちが、お前をどこに逃がしたととらえられて拷問されたりということが――また、当然、あの男……タイス伯爵のことだよ、やるだろうしな。……スーイン」

「……………」

よく通るマーロールの声が呼んで、少し沈黙があったあとに、ふいに、岩陰から、黒い布で頭をつつみ、黒い服に身をかためた、小柄な男があらわれた。その顔もほとんど黒い布で覆面のように包まれていて、人相風体がまったくわからない。

「《上》へいって――紅鶴城へいって、旅芸人のグンドが行方不明になっていると騒ぎになっているかどうか、調べてこい。第三のあげぶたから出れば確か、この客人の仲間一行が幽閉されている牢獄に出られるはずだ。そこにいって、すでにタイス伯爵がこの人の仲間に縄をかけているかどうか、調べてこい」

「…………」

黒づくめの男は無言のままうなづくと、岩かげに消えてしまった。

「いまのが、お前の云っていた、タイスの地下水路に住まう《水賊》だよ。《水賊》たちのひとりだ。そしてかつては、《上》でタイス伯爵に死刑を宣告されてこの地下におとされた罪なき罪人でもあった。——お前がさっき見たあの丸坊主の怪物どもは、《水賊》とは全然違う。かれらはスライどもといって、はるかはるか昔にこの地下水路にとじこめられた人間と……そして他の生物や、たぶん妖魅どもが長い長い時間のなかで混血を繰り返し、独自の進化をとげてしまった、ぶきみな半人半妖どもだ。たいした力はもたないが、水中は自由自在に動き回れ、また明るい太陽の光にはたえることが出来ない。生まれてから一回も見たことがないからね。かれらはことばを持たず、ことばでないことばで会話をしあう。また、視力をもたず、視力でない視力でものを見る。——だが、僕はとりあえず人間だよ。お前がいっていたとおりにね。どんなに見かけがなみのあたりまえの人間と異なっていようとも」

「…………」

「どうした。まだなんだか、きょとんとしているな。まだ、この僕が——あれほど激しいたたかいをお前とくりひろげたこのマーロールが、こんなところにあらわれて、お前を助けてやろうというのを信じられぬか？　だとしても、無理もないがね。あまりにも、このタイスの都は謎と秘密と、そしてあやしいことどもに満ちている。そのなかでももっとも不思議な存在であるのは疑いもなくこの僕だ。——だが、お前はまた、おそらくこの世界のなかでももっとも不思議な存在のひとつだろう。お前がただの旅芸人の愚か者なら、何ひとつ手など貸してやろうとは思わないさ。だが、本当のケイロニアの豹頭王であると知ったら、それはそれなりの興味も出てくる。というのも……」

「……………」

「僕がこうしてこのように、地下帝国——もうひとつのタイスの王として生きている理由はたったひとつ、この地上から、タイス伯爵家を葬り去ること、という究極の目的ゆえのことなのでね。——まあ、クムを、といってもいいが。お前はケイロニアの豹頭王だ——ということは、お前に力を貸せば、もしかしたら、お前は、このタイスを、この呪われた都をくつがえしてくれるその当人になってくれるかもしれぬ。そうでなくとも、タイス伯爵の鼻をあかしてやるのは、僕にとってはとてもここちよいことだ。だから、お前に声をかけ、お前を助けてやると申し出ているのだよ——まだ、信じられないか？」

「信じる、信じないということではないが……」

　グインは、ようよう、口をひらいた。

「どう受け取ってよいか、いささかためらっている。——それに、おぬしは俺がお前を傷つけたといって、たいそう怒っていたようだしな」

「ああ、この手の傷ね」

　マーロールは右手を包んでいる包帯を、左手で指し示して見せた。

「確かに、僕の美しい真っ白な、日の光にあたったことも文字通りめったにない肌に、傷をつけてくれたというのは万死に値するといっていい罪だとは思うがね。だがそれをいったら、僕をタイスに産み落としたこの都そのものの罪こそまさに、万死ではきかぬ、百万、千万、一億回の滅びにさえ値するはずだ。それに、僕は……このしばらくはもうまったく血を流したこともなかった。お前が傷つけてくれたおかげで、僕はまたしばらくぶりに、思い出すことが出来たよ。おお、それでは——僕の血もまた、地上の愚か者どもと同じくこれほどまでに赤いのだ、美しい鮮やかな真紅なのだ、とね。——それはなんとなく、僕の倦んだ心をしばらくのあいだでも活気づかせてくれた。それゆえ、むしろ、それは気にしてはおらぬ——というより、感謝しているくらいだ。といっても、なかなかまた、信じないかもしれないがね」

「信じてもいいが……だましうちをくらいそうな気がするな」

　グインは率直にいった。マーロールは珍しく声をたてて笑った。

「無理もない。僕は闇の帝王だからね。タイス伯爵はおのれがタイスの支配者であると信じている。愚かな――なんて愚かな男だろう？　タイス伯爵が支配しているのは、ただの、『昼間のタイス』――『地上のタイス』だけ、タイスの上半分だけだよ。タイスの下半分、闇のタイス、そして地下のタイス――それはすべてこのマーロール陛下のものだ。むろん人口は《上》の半分もありはしない。だが、実際には僕が下から《上》を操っているとさえいってもいい。――そうして、僕はタイスのすべての秘密をこの手中にすることで、タイスをひそかに牛耳っている。……さっきの《水賊》以外にもね――落ちてきたときに首の骨を折って死んでしまう不運なやつや、もう二度とここから出られないで日の目も見られないで生きることに耐えられず発狂してしまうやつなどはもう、それはそれで――勝手におのれの運命をたどらせるだけだが、ほかにもたくさん、たとえどんなことになっても死ぬよりはマシだと思うものもたくさんいる。そうして、なかにはこっそりと僕がタイスから逃がしてやったやつもいるが、またなかには、僕のもとでタイスにとどまり、いつの日か、僕が地上に攻め寄せる悲願のそのときに、ともにタイスに一矢をむくいん、と願って、僕の《帝国》に剣をささげ、この地下帝国の一員となったものもたくさんいる。その者たちが、《水賊》さ。僕は――《白のマーロール》は、タイスの地下帝国の《水賊》たちの王であり、そしてスライたち、ガヴィーたちの支配者だ。ここは、僕の王国なのだ。豹頭王グイン、ここは、マーロールの王国なのだ」

「む……」

グインは、なんとなく息を詰める思いで、マーロールの白くあざやかな美貌を見守っていた。

「さあ、だが、ここで立ち話をしていることはない。僕の宮殿に招待しよう、豹頭王どの。王が、王を招待するのだ。それはなかなか愉しいことじゃないか？——もっとも、宮殿といったところで、きらびやかな敷物もなければタペストリもない。あるのはあやしい地下水路と、そしてそこにすまう不思議な生物たちばかりだが——さあ、こちらへ」

マーロールが、ふわりと、長い白い髪と、白いマントをひるがえして、グインのさきに立って歩き始める。グインは一瞬迷った。

それから、（えい——ままよ）という思いが、かれの胸を占めた。

（俺は、なるようになるだろうと——ヤーンのご加護を信じたのだ。ならば、これもまた、ヤーンのなりゆきにほかならぬだろうさ）

（それに、思いがけぬことで——タイスの地下水路にひそむ謎が、もしかしたら、ついにすべて明快に解き明かされようとしているのかもしれぬのだ。だとしたら——かなり確実に、この《白のマーロール》の口から、かなり多くの、タイスの秘密を聞き出すことが出来るだろうし、また、それはすべて直接にタイスからの脱出の手だてにつながるだろうからな――よかれあしかれ)

そう思いきめると、グインはもう迷わなかった。かれは、不敵な微笑を浮かべて《白のマーロール》のうしろについていった。

《白のマーロール》は、そのグインを、一瞬肩越しにふりかえると、ふっと謎めいた妖美な微笑を浮かべた。そして、ふわりふわりと、さながら地下の通路をさまよう妖しい幽霊ででもあるかのように、グインの前を歩きながら、肩越しにまた声をかけた。

「僕はこの地下水路については、何もかも知り尽くしているのだよ。ケイロニアの豹頭王グイン」

マーロールが云った。

「僕は、ここで生まれ――ここで育ったのだ。僕を生んだ母は、わけあって僕をはらんだまま地下の水牢に、タイス伯爵の手により投げ込まれたという。母は恐怖のあまり狂ってしまったが、すでにこの地下水路には、たくさんの《水賊》たちがなんとかして――水牢に放り込まれたけれど、なんとかしてそこで生き延びようという強い意志をもったものたちが、互いに力をあわせて、この地下に棲む怪物どもや、幽霊ども、怨霊やさまざまな困難とたたかって、ささやかな暮らしを築いていたのだ。狂った母は美しかったのでこの《水賊》どものなぐさみものにはされたが、そのかわりに命は助けてもらい、狂ったまま、ただうつろな声で歌を歌いながら臨月をむかえ、そして僕を産み落として息絶えた。僕は、《水賊》たちに育てられたのだ。生まれてこのかた、長いあいだ太陽の光をあびたこともなく、また僕が体内にいるあいだに母が恐怖に狂ったせいか、僕は生まれながらにこんな白髪だったし、また、太陽の光をあびたことがないので、ほとんど陽光にたえられない。いまでもあまり長い時間は、日中に陽光にあたっていると気分が悪くなってしまうんだよ。——だが、《水賊》たちが僕にさまざまなことをなんでも教えてくれた——残虐も、淫らさも、むごたらしいタイスの歴史についても、なんでも教えてくれた上に、体術や剣術についてもすべて教えてくれた。僕はとても幼いときから、かれらの《お相手》をつとめなくてはならなかったが、そのかわりにもともとさまざまな技倆を持ってタイス伯爵にお仕えしていた存在だったものたちの持っていた技はすべて、伝えてもらうことが出来た。そうして、僕は成人し、ずっとその間じゅう母のうらみをふきこまれ——また、母の怨霊にも苦しめられ……むろん、《外》にも出たし《上》にだっていったよ。最初に《上》への通路をいろいろと発見したのは、実は僕だったのだ。それまでは、地下牢に落とされたものたちは気弱にも、タイス伯爵に発見されれば水牢に落とされるよりもっとむごたらしい拷問と刑罰を受けて惨殺されるだろう、それよりはまだ、永遠に水牢のなかで生きてながらえるほうがマシだとして、決して

《上》へゆこうとはしなかったからね。《外》もまたかれらは出てはいけない、見つかったらいのちがないと思いこまされていた。——ここで生まれた僕にはそんな禁忌は何もなかったから、僕は平気で——またからだも小さかったので、檻の柵のあいだをくぐりぬけることも平気だったからね。それで、僕は《外》にもいったし、《上》へも出没して、じょじょにいろいろなことを学んでいった。そうして、それを下に持ち帰り——しだいに頭角をあらわして、ついには《水賊》たちをすべて従え、地下に自分の一大帝国を築いたというわけだ。実に数奇な運命だと我ながら思うけれどもね。でもあなたには負けるかもしれぬ。あなたの運命というものについても、時間が許すのなら、ぜひとも教えてもらいたいところだが——たぶんさぞかし数奇なのだろうからね。——だが、ともかくそういうわけで僕はいま、この地下帝国の最初の王だ。そして、僕は、タイスのまことのすがたをすべて知ろうと、あえて《上》にすがたをあらわした。もっともタイスの正体について知り、そしてタイス伯爵に近づくにはそれが都合がよかったので、タイス伯爵のもっとも好む闘技士となって、闘王となり、タイスの四大剣士の筆頭として頭角をあらわして、タイス伯爵の気を引き、《上》と《下》をいったりきたりする暮らしをはじめるようになったのだよ。——本当は、タイス伯爵の枕席にはべる身になればもっといろいろなタイスの秘密に肉迫できたのだろうけれどね。僕にはどうしても知らなくてはならぬことがあったので——でも、それはどうしても、それだけはやはり…

…いかに僕といえどもしたくないことはあったからね。このおぞましい快楽の都で、男娼のまねごとをすることくらいは覚悟はできていたが、タイス伯爵に抱かれるというのだけはなんとしてでもごめんをこうむりたかったのだ。僕のようなかわりだねを見るなり、タイス伯爵ならば食指を動かすだろうということはわかりきっていたけれどもね。ある、大きな重大な理由により、僕は、それだけはしたくなかった――それが何かわかるかい」

「いや……」

「すなわち――『僕の母は、なにゆえに地下牢に落とされたのか』という秘密なんだよ、豹頭王グイン。母はとても美しかった――こういっては何だが、息子の僕の顔をみたってわかるだろうように、絶世の美女だった。その美女が、妊娠したまま水牢に落とされてしまうについては、むろん重大な秘密があるに違いない――僕がずっと疑っていて、そしてついに証明された秘密というのは、やはり僕の疑っていた通りだった。つまり、母を水牢に投げ込んだのは、タイス伯爵ではなく、タイス伯爵妃であり……そして母が水牢に投げ込まれた理由こそは、《僕をみごもったこと》だったということ――もう、お察しのとおり、僕は、タイス伯爵のもうひとりの息子なのだ。おもてむきはタイス伯爵には、娘二人しかいないことになっている。ぶきりょうな娘二人しかね。だが、美と快楽の都の支配者たるタイ・ソン伯爵が、どうしてそんなぶきりょうな娘を生むような、政略結婚の不細工な奥方にだけ満足して貞節でいるわけがあろうか？　当然、彼は妾をもった――器量好みで見つけた絶世の美女の妾をね。それが僕の母だ。そして、僕をみごもったことで、母は計略にかけられ、水牢に投げ込まれた。つまり、タイス伯爵タイ・ソンは僕のまことの父であり――たいした名誉だとも思わないけれどもね。そして、僕はタイ・ソン伯爵の本当は世継の公子なのだ、ということだ。つまりは、本当をいえば、僕こそは――この地下帝国のみならず、地上のタイスをも支配すべき、正当な伯爵の公子だということだ。――いかに頽廃と淫楽には馴れっこの僕だといったって、実の父親に抱かれるのはあまりいい気持じゃない。だから、僕は闘技士になるほうを選んだ――というわけさ」

「む……」

「それに、僕は戦うのが好きなのだ。闘技場は時として、太陽の光になれてない僕にはまぶしすぎ、熱すぎる。あまり長いこと、あの白砂の上にいると、僕は気分が悪くなって倒れてしまう。だから、僕はそうならないうちに敵を倒せるよう、一撃必殺の飛鳥剣やさまざまな秘術をほかにも身につけている。そして、少しづつタイスの中核に食い込み――いつか、一気にすべてをくつがえして、タイス伯爵とその一家に、恐るべきマーロールの復讐を投げかけてやる準備をすすめている。タイスそのものも大嫌いだ――この頽廃の都のおかげで僕がどれだけつらい、むごい思いをしたことかを思えばね、それも当然だろう。だが、それより何より、まずは憎いのはタイス伯爵と娘たちだ――ぶさいくな奥方はもう、とっくに死んでしまったからね。それは母のうらみで僕が手を下したようなものだが。まあ、直接にではないのだけれどもね――おお、ついた。さあ、入ってくれ、グイン、といっても扉があるわけでもなければ、盛大なかがり火と美食と小姓たちがあなたをお迎えするわけでもないけれどね、ケイロニア王陛下。それでも、ここが、《白のマーロール》の誇る地下帝国の宮殿なのだよ。さあ！」

　グインは、思わず、驚愕にうたれながら、あたりの光景を見回していた。

　突然に、かれらは、角をまがるなり、ぐんと天井の高い、そして真っ白なつるつるするなめらかな岩で出来た鍾乳洞のなかに出ていた。これまでも鍾乳洞のようにたくさんの石林が上からおりていたが、それはあくまでも普通の火山岩にすぎなかった。

だが、ここはまぎれもない天然の鍾乳洞だった。ここでも地面はじめじめとして水がポタポタしたたりおちており、そして、たくさんの石筍や、つらら状に上から垂れ下がっている鍾乳石、そして石の柱になっているものなどが林立していた。そのすべてが、だが、この洞窟でだけは、まったくたぶん岩の組成が違ったのだ。それはすべて、見るもみごとな白とそのなかに虹色をはらんだ、とても美しい鍾乳石で出来ていた。そして、そのあちこちにヒカリゴケがついているためか、そこは、美しくあちこちが光り輝いていた――どこにも、あかりなどはついていなかったが、天井も壁も地面もすべて真っ白なので、この洞に入ると、まるであかりがついているようにふいに明るくなった。

「どうぞ、入りたまえ——マーロールの宮殿の、謁見の間へようこそ！」

マーロールが、押さえ切れぬ誇りを漲《みなぎ》らせた声で囁いた。そして手をさしのべてグィンを招いた。

「ここが、僕の宮殿だ。そして、僕はこの地下宮殿の唯一にして至高の君主なのだ！」

あとがき

お待たせいたしました。ということで「グイン・サーガ」第百十三巻「もう一つの王国」をお届けいたします。

なにやら思わせぶりなタイトルになりましたが、「もう一つの王国」とは何で、なにから見てもうひとつで、そうして、それはどこにどう存在しているのか、というような話は、これこそ大ネタバレになってしまいますので、まあここをお読みの時点ではもう読み終わっていられるにしても、少数の「うしろから読んでおられるかたたち」のために、そこにはあんまり触れないことにしましょう。このタイトル及び百十三巻の内容そのものについては、ちょっとでも触れるとどうしても全面的にネタバレか、ちょっとネタバレか、どちらにしても何かしらネタバレることになってしまいますね(笑)だからまあ、今回はあまり内容に触れない話でお茶を濁す、ってことになってしまいそうですが。

といってお茶を濁すといってもね。あまりにまったく、まるっきりグインに関係のないそれこそ茶飲み話ってのもしていられないので、このへんのサジ加減がなかなか微妙なのでありますが――そうなると一番無難なのは「自分の話」というか、健康の話とかこれからの話とかそういったもので、ううっなにせ今回は「誰が出てくる」って話をしても、「ええっそれがなんでこの巻に出てくるの、あ、どこで出てくるの、え、じゃあ『もう一つの王国』って」てなことになってしまいそうですので(笑)ほんっとに内容については触れにくいですねえ。ことに、「内容について触れても、よしんばネタバレになっても、実際に読むのにそんなに障害にならない」という巻と、そうでないのとあって、たとえば百十二巻なんかは、「あの表紙の男は誰だ?」と早川のサイトに表紙イラストがあがった段階でいろいろと憶測が最初あったりしたのですけど、よしんば先にあれが＊＊＊＊で、その正体が＊＊＊だとわかってしまったところで、「へえーなんで? どうなったの?」というような感じでそんなにネタバレが致命的ではありません。ところが今回は……うーん、我ながら、やっぱり今回はネタバレられませんねえー(^^;)ほんとに今回はこのしばらくで一番ネタバレにくいかもしれない。

ま、などなどあまり気を持たせてもったいぶっていても、もうとっくに本篇を読み終わってここにさしかかってるかたたちは「もうわかったもんね」と云われてしまいそうですが、ひとつだけいっとくと、今回のこの展開って、すっごく、自分自身にとっても「ええええーっそうなの? そうだったの? この人そういう人なの?」っていう、「意外性」がありましたねえ。その意味では、これ、「予定の行動」ではなかったんですね。はからずも、こうなって、自分でその文章を打ち出したときに「ひええっそうなんだ」とたまげた、というような——そういうとまたまたなんだか神懸かって感じられてしまうかもしれませんが、いや、でも今回はねえ、予測してなかったですよ、このラスト、ことにこの第四話の後半の一番さいごのほう（笑）だもんで、けっこう自分でびっくりしました。「ええーっそうなんだ」って。自分で「げげっ」とそこまでぶったまげる、ってことって、いかに自動書記だ自動筆記だと言い張っていても、たぶんそういう側面もありつつもある程度は文脈から派生してくるものってのがあるんだろうと思うので、まーったく次の展開が読めなかったらそれこそ、一寸先は闇ってことになっちゃうんですが、それでも「意外なこと」があいつぐ巻と、わりと最初から「今回はこうなってこうなって、でもってラストはこういう感じのヒキに落ちるんだろうな」って考えてやる部分とあったりするんですけどね。今回はその「意外性」のほうの代表格になりまして、自分が一番驚いたのかもしれない（笑）まあ、たまにはそういうのもいいもんですが。

前回は、ちょうど二月の発売でひっくりかえったあとだったんですねえ。いま現在は、まあ八割方の回復度ってところでしょうか。「十割完治」と胸をはって言えないのが、ちょっと辛いところなんですが、残る二割は「まだかなり疲れやすい、疲れがとれにくい、疲れがたまりやすい」ということの三点と、それに「まだ目がかなりよくない」ことと、「疲れたとき、ちょっと目がまわりがちになる」ところで、それがなければねえ、十割完治といってもいいと思うのですが、まだなかなか前の通りの生活に完全復帰は出来なさそうです。というか、前の生活のおかげでひっくり返ったわけですから、前の生活には復帰しちゃいけない、っていうことなのかもしれませんけれどもねえ。

一月はまだけっこう休んでいて、半療養生活だといってよかったんですが、二月になったらけっこうごそごそといろんなことはじめて、これ書いてるいまはまだ三月に入ったばっかりなんだけど、二月の下旬から三月にかけてはなんだかちょっとしだいにやりすぎてきたな、っていう気分で、ここであまり頑張ってしまうともとのもくあみ、せっかく一月に、病気療養、というかたちで神様がくれた、この休むのが下手な人間の休暇でため込んだ休息の分を、一気に吐き出しちゃうぞ、という感じなんですが、そうは思っていても、じっさいには、前よりはかなりペースダウンして……と思っていたら、何が何がという感じで、一月からしてすでに、全然ペースダウンしてない結果になってしまいました。二月なんて去年との当社比でもどちらかというと「多めのほう」になってしまったので、ちょっとねえ、これはいかんのじゃないかと思って、そろそろ本気でペースダウンしないとなと思ってるところですが、ペースダウンしても実のところそんなに疲労度が変わる訳じゃあなくて、一日にグインが二十五枚になっても、そうすると時間があまってしかたないからヤオイ書いちゃうっていう感じで、結果的には五十枚六十枚書いている。グインを五十枚書けばその日はもうさすがに終わってるので、それだけですむけど、グインを二十五枚でやめると、ヤオイのほうはグインよりはるかに書く速度が速いので、気がついたらグインを二十五枚でやめたばかりにトータル七十五枚も書いちゃった、グインを五十枚にしておけばそれだけですんだのに、みたいなことがあって、なかなかこれはよろしくない。まあベッドに縛りつけられでもしない限りはやめないようだから、これはもう業ってものなのかもしれませんけれども。

その分でも、ひとつだけ決定的に良くなったのは、なんといっても「酒がごく自然に全廃されたこと」で、十二月二十九日に倒れて以来現在まで、三ヶ月間一滴の酒も飲まず、それもまた「無理に節制して禁酒」しているっていう気分ではなく、かなり自然な感じで「酒というもの」が我が生涯から去っていったように思えることで、まあこれも一年後には「いや、また多少は嗜む程度で」になってるかもしれませんが、それにしてもこんどの「たしなむ程度」は本当に「たしなむ」程度、だろうなと思いますね。もうやっぱり、沢山飲むの、怖いですもん。また、いまのところは、酒のにおいかぐのもイヤって気分ですから、まあ、このまま続いてくれればね、完全に「酒のない生活」にからだが適応するでしょうから、そうしたら「下戸」として生活してゆき、酒のある場所にも「飲めない人」として存在していることにだんだん慣れてくると思うんですけどね。でもこうなってみてわかったといったら変ですけど、やっぱり私にとっては、グインも、ヤオイもですがとにかく「小説」というものが何よりも大切なんですねえ。だから、「酒と小説と」なんていう比較対照は私にはありえないので、小説のためなら、酒どころか、なんだって放棄すると思うなあ。逆にいまの生活っていうのは「小説を書くため」にすべて整えられているようなものや人ばかりしかいないので、だんだん世界が狭く、引きこもり作家になってるなあと思うけれども、きっとそれでいいんだろうな、それ以外なかったのかもしれないな、とも思う今日このごろなのでした。

ともあれ、今年は「あまり無理せず、しかし確実に」ペースを死守したいというのはずーっとこないだから騒いでいることなので、とにかく絶対にもう倒れたくないぞ、というのが最大ですねえ。絶対にったって、倒れるときゃ倒れるんだけど、「人災」だけは防ぎたい、と思うものでありまして、そのためにも、「酒」はもう一生ご遠慮したい、という方針でいきたい、と思うものでありますーーなんか政治家の所信表明演説みたいになってるところに、ちょっとだけ「揺れるもと酒飲み」の気持が隠れていると思っていただきたいですけれどねえ。それもなかったら、もうこれは本当に、最初からアルコール依存になんかならなかったに違いないんだから。

ってことで、いまのところの私の依存は二年来抜けないあいかわらずの「ヤオイ依存症」と、新来の「干し芋依存症」(爆)くらいかもしれませんね。着物中毒も「買うほう」は相当にトーンダウンしましたから、結構なことです。「着るほう」はどれだけ中毒しても、ひとにも自分にも何の迷惑もかけませんものねえ。
ってことで、さあ、今年はリキいれて、もうあと五冊、書かなくっちゃあ。ではまた、百十四巻でお目にかかりましょう。

二〇〇七年三月五日（月）

神楽坂倶楽部URL
http://homepage2.nifty.com/kaguraclub/

天狼星通信オンラインURL
http://homepage3.nifty.com/tenro

「天狼叢書」「浪漫之友」などの同人誌通販のお知らせを含む天狼プロダクションの最新情報は「天狼星通信オンライン」でご案内しています。

情報を郵送でご希望のかたは、返送先を記入し80円切手を貼った返信用封筒を同封してお問い合せください。

（受付締切などはございません）

〒108-0014　東京都港区芝4-4-10　ハタノビルB1F
㈱天狼プロダクション「情報案内」係

日本ＳＦ大賞受賞作

上弦の月を喰べる獅子 上下
夢枕　獏
ベストセラー作家が仏教の宇宙観をもとに進化と宇宙の謎を解き明かした空前絶後の物語。

戦争を演じた神々たち［全］
大原まり子
日本ＳＦ大賞受賞作とその続篇を再編成して贈る、今世紀、最も美しい創造と破壊の神話

傀《く》儡《ぐつ》后《こう》
牧野　修
ドラッグや奇病がもたらす意識と世界の変容を醜悪かつ美麗に描いたゴシックＳＦ大作。

マルドゥック・スクランブル（全３巻）
冲方　丁
自らの存在証明を賭けて、少女バロットとネズミ型万能兵器ウフコックの闘いが始まる！

象《かたど》られた力
飛　浩隆
Ｔ・チャンの論理とＧ・イーガンの衝撃――表題作ほか完全改稿の初期作を収めた傑作集

ダーティペア・シリーズ／高千穂遙

ダーティペアの大冒険
銀河系最強の美少女二人が巻き起こす大活躍大騒動を描いたビジュアル系スペースオペラ

ダーティペアの大逆転
鉱業惑星での事件調査のために派遣されたダーティペアがたどりついた意外な真相とは？

ダーティペアの大乱戦
惑星ドルロイで起こった高級セクソロイド殺しの犯人に迫るダーティペアが見たものは？

ダーティペアの大脱走
銀河随一のお嬢様学校で奇病発生！　ユリとケイは原因究明のために学園に潜入する。

ダーティペアの大復活
ユリとケイが冷凍睡眠から目覚めたら大変なことが。宇宙の危機を救え、ダーティペア！

次世代型作家のリアル・フィクション

マルドゥック・ヴェロシティ1
冲方 丁
過去の罪に悩むボイルドとネズミ型兵器ウフコック。その魂の訣別までを描く続篇開幕！

マルドゥック・ヴェロシティ2
冲方 丁
都市政財界、法曹界までを巻きこむ巨大な陰謀のなか、ボイルドを待ち受ける凄絶な運命

マルドゥック・ヴェロシティ3
冲方 丁
都市の陰で暗躍するオクトーバー一族との戦いに、ボイルドは虚無へと失墜していく……

逆境戦隊バツ［×］1
坂本康宏
オタクの落ちこぼれ研究員・騎馬武秀が正義を守る！　劣等感だらけの熱血ヒーローSF

逆境戦隊バツ［×］2
坂本康宏
オタク青年、タカビーOL、巨デブ男の逆境戦隊が輝く明日を掴むため最後の戦いに挑む

次世代型作家のリアル・フィクション

スラムオンライン
桜坂 洋
最強の格闘家になるか？ 現実世界の彼女を選ぶか？ ポリゴンとテクスチャの青春小説

ブルースカイ
桜庭一樹
あたしは死んだ。この眩しい青空の下で――少女という概念をめぐる三つの箱庭の物語。

サマー／タイム／トラベラー1
新城カズマ
あの夏、彼女は未来を待っていた――時間改変も並行宇宙もない、ありきたりの青春小説

サマー／タイム／トラベラー2
新城カズマ
夏の終わり、未来は彼女を見つけた――宇宙戦争も銀河帝国もない、完璧な空想科学小説

零 式
海猫沢めろん
特攻少女と堕天子の出会いが世界を揺るがせる。期待の新鋭が描く疾走と飛翔の青春小説

ハヤカワ文庫

著者略歴　早稲田大学文学部卒
作家　著書『さらしなにっき』
『あなたとワルツを踊りたい』
『タイスの魔剣士』『闘王』（以
上早川書房刊）他多数

HM=Hayakawa Mystery
SF=Science Fiction
JA=Japanese Author
NV=Novel
NF=Nonfiction
FT=Fantasy

グイン・サーガ⑬

もう一《ひと》つの王国《おうこく》

〈JA884〉

二〇〇七年四月 十 日　印刷
二〇〇七年四月十五日　発行

（定価はカバーに表示してあります）

著者　栗《くり》本《もと》　薫《かおる》
発行者　早川　浩
印刷者　大柴正明
発行所　株式会社　早川書房

郵便番号　一〇一 - 〇〇四六
東京都千代田区神田多町二ノ二
電話　〇三 - 三二五二 - 三一一一（大代表）
振替　〇〇一六〇 - 三 - 四七七九九
http://www.hayakawa-online.co.jp

乱丁・落丁本は小社制作部宛お送り下さい。
送料小社負担にてお取りかえいたします。

印刷・株式会社亨有堂印刷所　製本・大口製本印刷株式会社

ISBN978-4-15-030884-1 C0193